U0934522

THE DREAM PLANNER

肖　桐◇著

新世界出版社
NEW WORLD PRESS

图书在版编目(CIP)数据

梦想规划师 / 肖桐著. — 北京 : 新世界出版社,2013.12

ISBN 978-7-5104-4728-0

Ⅰ. ①梦… Ⅱ. ①肖… Ⅲ. ①长篇小说－中国－当代

Ⅳ. ①I247.5

中国版本图书馆CIP数据核字(2013)第291650号

梦想规划师

作　　者：肖　桐

责任编辑：张铁成

责任印制：李一鸣　黄厚清

出版发行：新世界出版社

社　　址：北京西城区百万庄大街24号(100037)

发 行 部：(010)6899 5968　　(010)6899 8733(传真)

总 编 室：(010)6899 5424　　(010)6832 6679(传真)

http://www.nwp.com.cn

http://www.nwp.cn

版 权 部：+8610 6899 6306

版权部电子信箱：frank@nwp.com.cn

印　　刷：北京毅峰迅捷印刷有限公司

经　　销：新华书店

开　　本：710mm×1000mm　1/16

字　　数：200千字　　印张：14

版　　次：2014年2月第1版　2014年2月第1次印刷

书　　号：ISBN 978-7-5104-4728-0

定　　价：29.80 元

目录

一

梦想规划师

三十岁就要来了，结婚、升职、跳槽、读书、生孩子……哪一个该排在前面？最佳公式是什么？生活的最佳状态是什么？平淡或者澎湃？谁能说得明白？

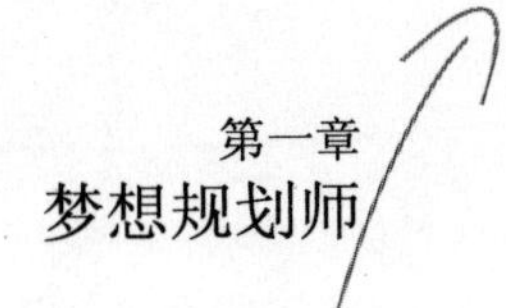

第一章 梦想规划师

天阴沉着，暴雨如注，站在窗前，窗外视线模糊。雨水在玻璃窗上任意流淌，毫无章法。

前台的玻璃门被推开，雨声随风闯入大厅，焦灼又急促。几个穿长裙的女人小跑着进来，手里提着笔记本电脑，腋下夹着彩色透明的文件夹，一边收起雨伞，一边提起裙摆，抬手掠过淋湿的刘海和发梢，小声谈笑，轻松自在，她们在楼梯处扬手道别，又各自去了不同的方向，没有人留意坐在大厅里的苏丽诺。

大门紧闭后，外面的雨声戛然而止，空荡荡的大厅恢复了安静。绿色的羊毛地毯和灰色的麻质沙发，在雨天里有些返潮的味道。苏丽诺坐在沙发的边缘，像是方便随时被召唤，起身就能走。而此时，距离她的面试还有一小时。她一双小腿撇在身体左侧，腰板挺直，双手紧抓着面试登记表。一身灰色职业裙装，让她看上去有三十几岁，这比她实际年龄要大一些。前几个月，她才刚刚过完自己的二十九岁生日。她不时抿抿嘴唇，小声嘀咕，像是背诵，也像是模拟应答。大厅四处的轻微响动和人声，都让她心跳加速，倍加紧张。

这所商学院声名远播，历史悠久，是苏丽诺做梦都想来的地方。来这里读书的梦想，多年来一直盘踞在她的愿望单上。不过这次面试，她并没有完全地准备好，她还没有语言成绩，便先行提出了申请。因为申读的是明年的一个班次，基础条件也算吻合，院方破例同意她先面试，如果面试通过，再让她提交语言成绩。之所以这么仓促，也跟最近公司被并购，裁员形势紧张有关。苏丽诺的态度总是这样，随时给自己准备几个后路，东方不亮西方亮。

大厅最左侧的一道墙，轰然旋转，那是隐蔽在此的一扇通体旋转门，这吸引了苏丽诺的全部注意。人群陆陆续续进出那里，他们穿着很随意，讨论着什么，时而激烈时而欢笑，声音低沉，哪怕是笑声的音量也是有意控制的。没有一个亚洲面孔出现，这让苏丽诺有点怯怯的感觉，又心生向往。她眯起眼睛望向门上的一个绿色牌子：国际市场战略选修。

"来面试的？"一个声音从旁边沙发里兀自响起，没有预警，浑厚清晰，仿佛从天而降。苏丽诺慌张地侧头看他，那人已经完全窝在沙发里了。他胸前抱着电脑，十指交叉，一摞笔记放在他们共有的茶几上。那应该是他的，在此之前，茶几上除了前台给自己倒的一杯水，什么都没有。他从哪掉下来的？是刚刚下课这群人里的吗？苏丽诺暗暗地想，眼神不自觉地扫过他的脸。那人的英文掺和着浓重的爱尔兰口音，面部轮廓如刀刻过一般，线条明显，瘦削，额头突出，眼窝深陷，眼睛的颜色是怪异的幽蓝色，鼻梁异常挺拔，似乎从他的左脸很难看到右侧的东西，嘴唇精薄，人中很长。

"没错，对的。"苏丽诺在四分之三秒的停顿后，微笑着回答，她调整了自己说话的声音和情绪，完全进入了面试的频道。

"新加坡人？韩国人？哦，不对，坐姿刻板，彬彬有礼，你更像日

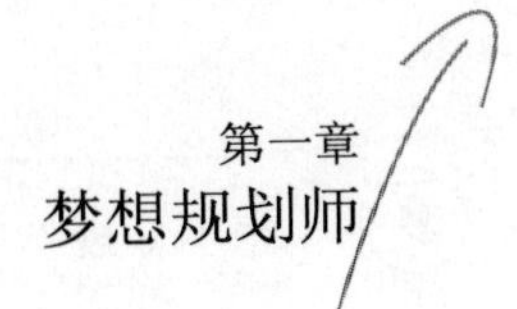

本人。”

“都不是，我是中国人。”苏丽诺依然面带微笑，眼神真诚专注，但内心里，被对方的问话搞晕了。可她不敢怠慢，天知道这种高端商学院会不会不按常理出牌，搞出什么编外面试环节，也未可知。

“中国人？”对方双手击掌发出闷闷的声音，脸上浮出一抹很有好感的笑容，嘴唇轻轻噘起来，两腮凹进脸颊，两眼放光，轻轻点头，“正想逮个中国人好好聊聊。”

苏丽诺的脑子里又出现了短暂的短路，这家伙哪冒出来的？行为怪异，语焉不详。巧透了，这里找出个中国人比找出鬼还难，自己莫非是老天送到他嘴边的肥羊？她咽口水时，对方又说话了：“我是塞巴斯蒂安吉瑞普奥吉塔斯，去年秋季班的，下个月就毕业了。我研究的方向是各国年轻人如何实现他们的梦想。我的创业思路就是开一家规划梦想的公司，招聘顾问来帮助年轻人实现梦想。我管这种人叫作梦想规划师。”

“好酷！呃，我说塞巴，唉，我是苏丽诺，来申请明年秋季班的。”

“塞巴斯蒂安吉瑞普奥吉塔斯，你叫我吉塔斯就行。你是苏列侬，是吧？列侬你好！”那家伙干脆友好地伸手过来。苏丽诺没纠正他，想着就是萍水相逢，列侬就列侬吧。

“梦想不都是天马行空的吗？还要规划？”苏丽诺挑起眉毛，噘起嘴唇问道。

“很好的问题。理想呢，就是合理的想法，所以去努力加上运气好，就很有变成现实的可能。而梦想呢，就是白日梦和黑夜梦里，流着口水时，想去实现的那些不着边际的东西。举个例子，什么抓外星人拿灯泡照着玩啊，穿越地心啊，吃到比房间还大的荔枝啊，变成一只蝴蝶啊这类的，很可能在你生存的这个空间和时间，就算怎么努力和运气都不能帮助你实现。所以要规划，排序，重组，把有些梦想变成理想，再把理想变成现实。”

“挺科学的哈。呃，我的面试时间可能快到了，要不我们下次再聊？非常感谢您。”苏丽诺依然保持着外表镇静平和的模样，内心里早就不耐烦了。

“下次聊也好啊。列侬，来这里读书是你的梦想还是理想呢？”

这问题把苏丽诺问住了，她没问过自己这个问题，只是想着明年就三十岁了，事业上没有太大的成就，学业上也没什么进步，爱情没有着落，结婚、稳定的生活更是遥不可及。唯一让她觉得可以拿得出手的，可能就是这所商学院有可能给她的录取通知书。那是学贯中西考试从来第一的安阳不能得到的，她是个化学博士，读商科她毫无兴趣；这也是千娇百媚横扫一切男人的万朵拉来不了的地方，她的长项在情商和诱惑上，这种地方给她一百次考试机会也来不了。苏丽诺想不出来，除了让她两个闺密羡慕得四眼发直之外，还有什么别的动力让她愿意花上工作以来的全部积蓄，来读这所学校的MBA。而这真是她想要的吗？她没想过。对一个事业上碌碌无为随时能丢了饭碗，感情上一团乱麻没有头绪

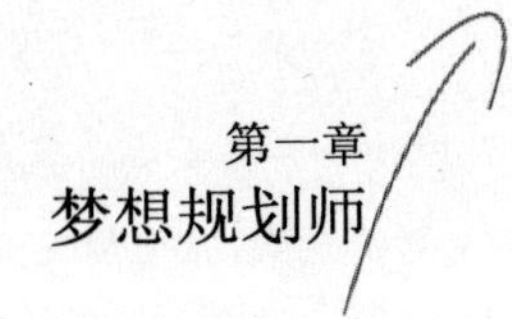

的姑娘来说，抽身来读个MBA算是一种虚荣的、喘口气的机会。梦想？理想？管它呢。

苏丽诺接过吉塔斯塞来的名片后，便带着面具般的微笑，目送他走了，他站起来真高，苏丽诺要完全仰视才能看到他的头，额头上竟然皱巴出几条抬头纹来。等她恢复脖子的正常状态时，便感觉血液回流到了该去的方向，长颈鹿真有本事啊，苏丽诺暗暗地想。在心里调皮够了，抬眼便看到戴着招生总监名牌的女人走过来。这是南希，卷曲的金发，蓝色条纹衬衫在西装里十分平整，干净利落，三十几岁的样子。出乎苏丽诺的意料，她心心念念的面试，并没有出现一排古板的老学究，只是面前的女人一人掌控全场。

南希很随和，问题也和苏丽诺从网上查到的差不多，不出圈，但每个问题来得都很紧迫。因为刚刚吉塔斯的出现，苏丽诺已经没有了最开始的紧张和怯懦。她放松地、认真地回答了对方的每个问题。有没有国际化的工作经历？如何看待自己？最让自己引以为傲的成就是什么？有没有一项发明或者创新，改变了人们对某件事物的看法？在小群体里是什么角色？所有的问题回答下来，南希只是记录，默默地点头肯定，侧耳倾听，面带微笑，不急不躁。那是苏丽诺欣赏的状态：轻熟女，成熟，干练，由内而外的稳重和谦和。

看得出来，南希对这场面试也颇为满意，之后又带着苏丽诺系统地介绍了校园。暴雨已经停了，穿过草坪，踏上石子路，南希讲解了教学区的结构，带着苏丽诺参观了教室和食堂，每个角落都充满着苏丽诺向往的人文味道。她们一路走一路聊，“还有什么问题吗？”南希笑着问。

“刚看到学区里的幼儿园，会有同学带着宝宝来上课吗？”

“哦，当然，我们鼓励学生把孩子带在身边。平衡好家庭、事业和学业，才是成功的标志啊。”南希看上去很惊讶苏丽诺能问出这样的问题。

“是啊，什么样的年龄做什么样的事情。”苏丽诺点头附和道。

和南希告别，按照规定，南希将在三个月内邮件通知苏丽诺面试的结果，如果她的面试排名能击败百分之五十的候选人，那么她就可以在接到邮件后的两个月内提交语言成绩，成绩达到商学院要求，即可被录取。

苏丽诺带着一种完胜的心情赶向机场，她要搭乘红眼班机回北京，预计有十几小时的飞行时间。候机时，她在机场的免税店里随意地走了走，买了三只装打折的高级唇蜜，一只留给自己，余下两只要给安阳和万朵拉。无聊逛书店，她买下了一本小说，名字叫作《岛》，封面上说那是一本征服了欧洲、美洲、亚洲，全球千百万读者为之唏嘘落泪的书。她一边想着在路上打发时间，一边心里还在盘算别的安排。把书放回背包时，苏丽诺的手被包里尖锐的东西扎到了。翻找一顿才发现，那是吉塔斯的名片，四角尖尖的。正面写着他的联系方式，有邮箱和电话号码，名头写得很怪，在他那漫长无比的名字后面，写着男爵。男爵？大佃户也是男爵吧？放在中国就是一地主。苏丽诺翘起嘴角暗暗地想。

第一章

梦想规划师

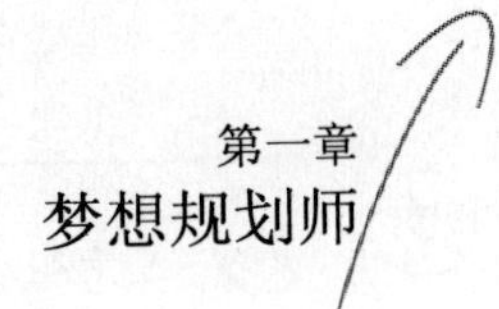

翻到名片背面，白色的卡片上只印了两行黑色的字，看着让人心里不舒服。中文的含义是：别人看见我们的行为，但上帝看到我们的动机。

夜航在无尽的黑夜里穿梭于云层之中，苏丽诺在梦里反复琢磨一道谜题：结婚、升职、跳槽、读书、生孩子……哪一个该排在前面？她调低了夜读灯，在座椅上翻了几个身，缩在毯子里，可总是找不到合适安睡的位置。越想不清楚，越有让人郁闷的情景出现，脑海中竟浮现了吉塔斯的脸，真神道。不过他说的也有几分道理，苏丽诺心下肯定着。混沌中，她粗略地把《岛》翻了一遍，的确感人，仰头靠向靠枕，还流了一行清泪，可她满心盘算的却是另一个想法，那想法本没有任何支撑，毫无理由，可此刻却在她心里变得那么有理有据，疯长着，连她自己都信以为真地想着要去实现它，以至于她不住地看表，希望飞机能飞得快一点。

清晨六点半，首都机场上空弥漫着一层雾霾，从舷窗上看出去，根本分辨不清建筑的模样，一个紫色的罩子包裹着这座城市。

苏丽诺没有行李，随身一个挎包，松垮地挂在肩上。天气开始转凉了，路人大多穿上了薄外衣。走出机场通道，远远地便看到两个女人在接机口对立着聊天。一个细高个子，短发齐耳，白皙干净，踩着平底鞋，松身牛仔裤，香槟色小外衣里是白色T恤，单手臂弯里是样式简单的黑色水饺包，那是安阳。对面与她相聊甚欢的姑娘，留着披肩长发，没穿外衣，单薄地只穿了特立独行的黄色紧身裤和一件BabyMary秋款上衣，一件带有卡通图案的黑色T恤，那衣服上的皮质流苏从腰胯处一直到膝盖，脚上穿着一双朋克味道十足的高跟鞋。手臂上缀了几个彩色的宽边木质手镯，说起话来手舞足蹈，双手在空中比画着，这是万朵拉。两人都是苏丽诺的闺密，从高中到大学，再到工作，彼此见证了最美的年华。妙的是，三人的性格是如此不同，对于工作、感情和事业的道路也从来不会重叠。却又相互嫉妒着，羡慕着，玩闹着，不曾分开。

见苏丽诺走出来，万朵拉跳跃着向她挥手："嘿，这儿呢！"安阳也顺着手势的方向歪头朝她微笑。

三人并排走在一处，宛如一道亮丽的风景。可在苏丽诺心里，总是有种感觉，无论她多么优秀和多么努力，在万朵拉的妖娆美貌和安阳的沉稳知性对比下，她都太平凡了，以至于可以被忽略。

安阳潇洒地坐进驾驶室，苏丽诺和万朵拉坐在后排。

"怎么样？面试顺利吗？"安阳边看着后视镜倒车边问。

"感觉还成，但要开始准备考试。还有就是觉得学费够天价的，有点犹豫。"

"不管怎么样，先把考试过了。别打没有准备的仗。"

"嗯，我也这样想。希望这次有戏吧。"

"准有戏！看这妞的样儿吧，跟有艳遇了一样。"万朵拉咯咯笑着，戏谑地捅了一下苏丽诺的胸。

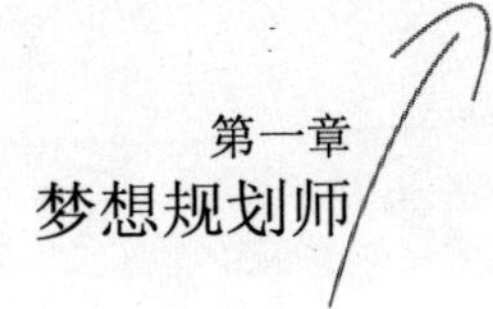

苏丽诺反手嗔怪地打了她一下："别瞎闹，面试还行，艳遇没有。不过遇见了一个特别神道的人，自称是梦想规划师，能规划梦想，叫什么塞巴斯蒂安，什么什么的，呃，忘了。"

"好长的名字，什么嘟噜嘟噜的，干脆叫他嘟噜得了。不过规划梦想干吗呢？都是实现不了的东西。"万朵拉看了一眼窗外，车子被安阳熟练地绕进高速。

"呵呵，这人的事以后再说。安阳，婚礼彩排怎么样？我还能帮上啥忙？"苏丽诺趴到前排座椅上，侧头问安阳。

"还行吧，没啥感觉，就是个形式。老王他妈觉得好就行。"

"别啊，咱也不是嫁给老王他妈，毕竟结婚是一辈子的事情。婚礼可是不能少的。不是有名人说了吗，为啥很多人离婚，就是因为没有一个轰轰烈烈的婚礼，缺少一个让大家一起鉴证誓言的机会。"苏丽诺反驳了安阳。安阳跟老王是从本科到博士的同班同学，一直拖拉着不结婚，安阳突然提出要和老王结婚，并悄无声息地把证领了。老王他妈自然很欢喜，以为抱孙子有了指望，但是安阳希望能在三十岁生日前，把婚礼办了，这让老王他妈忙活够呛。万朵拉和苏丽诺的第一感觉也一样，有了。结果被安阳轻描淡写的几句话给驳掉了，该是什么年龄就做什么事情。合适的人和时间地点，该结婚就结婚，纠结等于内耗。苏丽诺虽然嘴上哦了两声，心里却不以为然，合适的人都出现十年了，早不见你想结婚？一要结婚就火急火燎的。但这是她闺密的婚礼，除了真心祝福，更少不了忙前忙后地张罗。只是这婚礼彩排和面试时间冲突了，她心里还生出许多愧疚来。万朵拉对结婚一向是抱有抵触情绪的，幼年家庭破裂让她对婚姻失去了应有的信心，并对一纸婚约抱有天生的恐惧，结婚以后啥样？一定比现在好吗？她向安阳讨要一个化学公式或者方子，要把各种元素套进去就能证明该结婚的时候到了，被安阳露出八颗牙齿，假模假式地一笑而过了。

"誓言自己知道就好。说出来只是给别人徒增烦恼。既然是誓言，就是要去实现的，一门心思做就好了。"安阳把车拐进苏丽诺的公寓楼下。歪头不冷不淡地看着她们两个。"对了，昨天彩排看见她的新'邮票'了。"安阳仰起下巴，嘴角挂着笑，指向万朵拉。

"集邮女王！又换人了？帅吗？"苏丽诺一边开车门一边回头问万朵拉。

"帅！你要是喜欢就送给你啦。"万朵拉摇摆着她那风情十足的长发道。

苏丽诺想起包里的唇蜜，拉开背包把两个小东西取出来递给二人。安阳接过唇蜜，道："不一起吃早餐了，上午都还有事情。我要赶去研究所，朵拉要去房产局。你脸色不好看，休息一下，下午再去公司吧。"苏丽诺听着老友贴心的嘱咐，比量了一个敬礼的姿势，目送安阳把车开出小区。

可不等苏丽诺转身，安阳的车就停下了。万朵拉摇下车窗，探出头喊道："阿诺，安阳说你包里有本书，是《岛》？"

苏丽诺立在那里点了点头。

"长点心吧，回家好好休息。上午哪都别去啊。"万朵拉看着苏丽诺点头应允，才把车窗摇起来。车子一溜烟开走了，留苏丽诺在单元门前咬唇凝视她们。她心里叹服安阳的聪慧和万朵拉的直率，最了解自己的也唯有她们。

大概一年前，沈波曾经向她推荐过《岛》的译本，并且说过，要是有机会买到原版书，一定带给他。苏丽诺那时还在热恋期，她把这个需求在朋友圈里广撒网，尤其没少在两个闺密面前吹风。苏丽诺和沈波分手的主要原因是沈波隐婚的消息败露，还没等苏丽诺缓过神来，沈波已是铁板一块，冷冰冰了。苏丽诺想不明白，这男人的态度怎么如此跌宕！但万朵拉分析得头头是道，爱是人类共有的情感，爱母亲，爱祖国，都差不多。可爱情就不是了，情是个体的心理状态，苦乐酸甜，很具主观性。再加上冠冕堂皇的爱，爱情就有了每个人不同的理解。有人觉得是习惯，有人觉得是激情，还有人相信那是感觉。可爱情的本质是相同的，无非是予取予求，既然两人的关系都不能满足彼此的幻想，那在一起也是无用。就该像电闸一样，一拉就停。他沈波都能做得这么绝情，你再往上贴，唯有一个贱字。安阳也告诫她，相爱是两个人的事情，就像是两个人玩橡皮筋，后放手的人一定会疼。他都不爱了，你还深刻个什么劲儿啊！两人的话字字锥心，可苏丽诺怎么都摆脱不了和沈波分手的痛苦，总是想找着各种理由跟他偶遇一下。在机场，这本书的出现可谓一针强心剂。

简单的刷洗之后，苏丽诺换上了一身薄呢连衣裙。她带上了随身的手包，手里拿着那本书正要出门，电话铃声响起。

“阿诺，亲爱的，你回北京了吗？”是苏丽诺的舅妈。舅妈比妈妈还大了两岁，和舅舅一辈子没要孩子，年轻时坚持丁克家庭，老了开始觉得有个孩子是个依靠，拿苏丽诺当成掌上明珠。话说丁克家庭的老婆要么独立能疯能玩追求自我，要么就像苏丽诺舅妈一样，始终拿怀春少女的标准要求自己。她练瑜伽保持身材，研究煲汤和茶道养生，退休了之后开始料理小花园，最近醉心于园艺。苏丽诺的父母在老家，她一个人在北京一直是舅舅舅妈照顾她。工作以后也是每周去家里扫荡，平时基本不开火做饭。

“早上到的，安阳她们去机场接的。放心舅妈，您和舅舅一切都好吧？”

“我们很好呢。你面试怎么样？还顺利吗？学费不用你自己操心的，我和你爸妈商量好了，学费我们全款赞助。到时候舅妈就去陪读，天天给你煲汤喝。”舅妈在电话那头热力四射。

“舅妈，不是吧？我可没跟我爸妈提起过要去国外读书的事情，您这不是添乱吗？您都赶上洗发水广告了，我只将秘密告诉你，就成了众人皆知的秘密。”

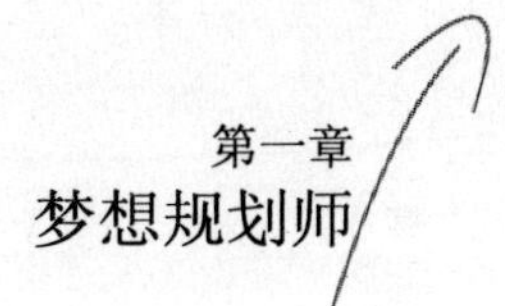

"哈哈哈，我发誓，我没提你去哪所商学院，也没说去哪个国家。我先帮你和他们扎扎针，吹吹风。别生气嘛。"舅妈一阵甜腻腻的小声传来。

"晚上我去家里喝汤，您好好想想怎么弥补一下我肉少的心灵吧。"

"玉米冬瓜猪肚汤，舅妈懂的。早上就买了新鲜食材，就等公主晚上莅临哈。不过，帮我给你舅舅打个电话，让他晚上一定回家吃饭。我要是打给他，有缠着他的嫌疑。这叫作宫心计，先骗回来，再喂上好吃的，看他还跑不跑！"

"哇，简直是诡计多端啊，舅妈。"

"你不懂。没有孩子拴着他，又不能把婚姻当成亲人关系经营，女人要始终保证恋爱的热度，没有计策可不成。"

"好的，放心，我就再被你当枪使唤一次，晚饭一定拉舅舅回家吃，包我身上啦。"

挂了电话，苏丽诺在小区门口拦车，坐进去犹豫了片刻，便跟师傅说去科技园吧。路上她觉得心像是种上了杰克的魔豆，各种枝枝蔓蔓无节制地生长。有即将见到沈波的激动和欣喜若狂，有怕被他拒绝的紧张和尴尬。风从窗缝里钻进来，凉丝丝的。车子停在沈波工作的大厦楼下，远远地，苏丽诺看见一层咖啡厅里，沈波正和对面坐的美女谈笑。那女孩苏丽诺不认识，看亲热劲头不像是一般的同事关系，也一定不是他太太。好吧，这才是这家伙几个月以来突然转变态度的原因吗？安阳说的是对的，宁可相信有鬼也不能相信男人的嘴，沈波的誓言根本没有用。想到这里，苏丽诺心里生出了许多愤怒来，脚像是生长在土里一般，动弹不得。

人的安全对视时间是三十秒，苏丽诺的注视招来了沈波的注意，他帅气逼人，步履稳健地向她走来，面带一种暧昧不清无可奈何的微笑。

“还真是你，来科技园办事情？”沈波一开口，苏丽诺依然能感受到那种致命的诱惑，仿佛可以陷进他的眼窝里。

“呃，不是。刚出差回来，路过这里。”苏丽诺说话毫无底气，声音纤细到沈波要侧耳才能听清。

“小心车。”他伸手揽过苏丽诺朝树下走了几步，这动作让苏丽诺又心潮澎湃了一阵。这是有多缺他爱啊，苏丽诺自己暗自骂着自己。

“这书，我找到原版了。”苏丽诺递书过去，像是奉上宝石的小卫兵等待国王的奖励。

“哦，最近忙得很，哪有时间看英文的书啊！你最近怎么样？还好吗？”沈波四两拨千斤的几句话把苏丽诺的情意打碎一地。

“很忙，下午赶着去公司，我得先走了。”苏丽诺讪讪地把举在空中的书收了回来。

沈波十分看得出形势，一手接过书，一手拍了拍苏丽诺的肩膀，说：“谢谢了。不过下次别傻了。总收你的礼物，我都不好意思。前一

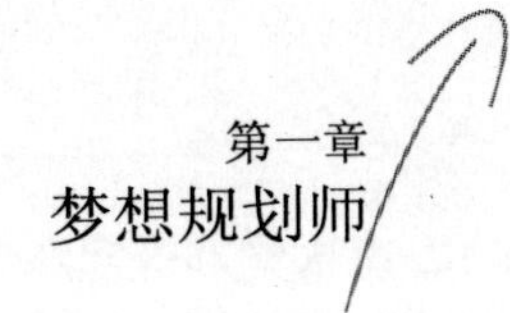

阵你送的茶叶，节前被我转送别人了。这样也不好。”这话让苏丽诺不知道如何接下去，她没有万事力争的口才，也没有这个习惯。她要的无非是安稳和安全，可内心里还有一头嫉妒多姿多彩生活的怪兽她驯服不了。此刻立在那里，她明白，沈波这样的男人适合的是朵拉，短平快的一场恋爱，不求结果，没准朵拉的魅力还能让他昏了头的去离婚。自己这种小草型的姑娘还是歇了吧，沈波是自己真心驾驭不了的角色。

苏丽诺在沈波的注视下打了出租车。一封信在她心里默默升起，可是永无邮寄地址：

“那辆出租车启动之前，从后视镜里，看到你一直在看我，或者说，一直在看车。忽然想到你说，你把我送你的茶叶送了别人，觉得特别难过。今天风真大，车在路上跑，树叶裹着风从眼前呼啸而过，阳光明亮，迎上去看，觉着眼睛生疼，可这样，反而给带着笑容还流眼泪的人，找了个顺应自然的理由。路上走着那么多人，每一个，我都希望记住他们的脸，可是无论怎么努力，都是徒劳，车子越来越快，他们在我脑子里瞬间化为乌有，而你笑的样子，始终都在我眼前。以为这次回来，一切都会不同了。可偏偏现实那样差强人意，没有任何不同。不善于隐瞒，也不屑于那样做，你那样站在我对面，一切和第一次见到你时毫无分别。尽管我幼稚又认真地说了很多次决绝又伤害对方的话，可那些让人心跳加速血压升高的感觉竟然丝毫没有改变。越是想表现得拒我于千里，越是让人觉得刺骨的冰冷。去争取一切能离开这里的机会，希望少在这个城市待一秒，少联系任何能让我想起你的人。可世界之大，谈到忘记却无处可逃。能在任何一个不经意的时刻想到你。哪个城市都一样，位移带不来任何改善，反而增添更多烦恼，因为会想着早晚要回去，我该带点什么东西给你。希望再见真的是再也不见，可有这点希望，就还有念想。不见才会不贱，那就算永别吧，永远别过。”

生活的最佳状态是什么？平淡或者澎湃？谁能说得明白？“男人不坏，女人不爱”这种没有营养的话却总是被一次一次地印证。可很大程度上：这和传说中的女人的心灵结构有关：最外面的一层属于没有希望的追求者带来的小心动，隔靴搔痒而已；中间的一层属于会伤人心的坏男人，但不伤及根本；但是最深刻、最珍贵的心灵角落，永远只属于那个能让人真真切切地感受到爱的男人。苏丽诺此刻在出租车里默默地泪如雨下，要对号入座，一定属于第二层。连眼泪和情绪都要费劲酝酿，这感情有多流于表面？只是当局者还迷糊着。她有多喜欢沈波，也未见得，她喜欢的也许只是沈波带给她的热烈的感觉，抑或只是自己疯狂地去爱一个人时的那个自己，或者再直白点，潜意识里，她喜欢爱着沈波时那种自我感觉很像万朵拉的感觉。女人大多喜欢攀比，而且最为擅长的就是跟最亲近的闺密攀比。眼见着最亲近的家伙好，会去衷心祝福，也会嫉妒，不是邪恶，而是那种隐隐的不舒服，然后生出些许模仿，还能不自觉地被潜移默化。嘴上说不屑，心里却是另一套，为啥我们那么

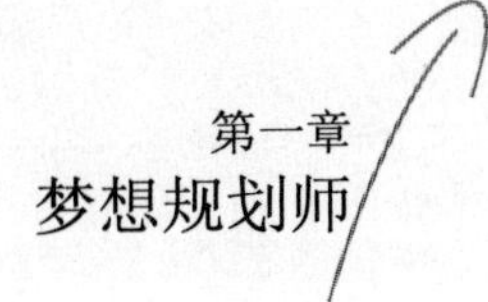

相似，可境遇却如此不同？这世上没有人能代替一个人去痛苦，却总是有千千万万种嫉妒带来的自找的痛苦。这感觉普遍又变态地存在着。安阳早有察觉，她头脑清醒地提醒过苏丽诺，万朵拉的生活不是谁都过得来的，换季就要换男朋友，没有一天正式的工作，靠着老子的钱来投机滚雪球，看起来逍遥自在，但内心里有多快乐？天知道。很多时候太活跃是种负担。苏丽诺摇头撇嘴不买账，也不完全承认。安阳就举了个例子，她说，你知道金属活动顺序表吗？排在前面的钾，钠，钙，太活跃也太不稳定，不稳定到什么程度呢？说研究所里新来了个实验员，顽皮得很，带了一小块钠去了男厕所，投入小便池里，结果便池炸了。苏丽诺听了哈哈大笑，可她没这个悟性，一说一笑罢了，她没听懂安阳这理科生的冷笑话里乙酸含量有多高。

出租车是个好地方，司机在左侧，专注一心，默默无闻，有时也是装着默默无闻。乘客在右侧，小小一个空间，无人打扰，可哭可笑，也可以像苏丽诺现在一样，无声流一点眼泪，思维完全出离，到地方下车走人，天然的移动宇宙。偏偏现实不给你这个机会，总是能把人拽回地球。苏丽诺的电话铃声唱起来，她只能活活地把自己从自艾自怜里一把扯了回来。

“喂？您好。请问是哪位？”接起电话前，苏丽诺瞄了一眼来电，是公司的总机号码，于是瞬间给自己调台了，从怨妇弃妇档扳到了新闻联播，假模假式，一本正经，声音高亢，打了鸡血一般。

"苏，是我呀。不好意思打扰你，我是小薇呀。"声音甜腻腻的，又十二分地急迫。苏是苏丽诺的英文名字，外企不流行叫职称，什么总什么经理的，行政系数太高，容易把人骨头叫软，脾气喊大。都偏好随着老外叫名字，听上去没大没小，又十分亲切，叫谁都跟叫亲人似的。像苏丽诺这种在外企混了七八年的，照理应该取个英文名字，或者保留自己的名字去掉姓氏，可是偏偏苏丽诺的名字总会给舌头打着卷的老外带来困扰，索性她就给自己起名苏，就用回她的姓氏。她觉得好好的中国人起个洋名是个很俗气的事情。苏丽诺的原则性很难捉摸，它们总是体现在一些犄角旮旯的地方。小薇是苏丽诺给自己的团队招来的实习生，她们这一拨来了五个人，小薇是苏丽诺抢来的，人长得水灵又机灵。可就是没有工作经验，当助理用吧，老觉得处处要费心指导，不够放心。当跑堂的用呢，堂堂研究生在读，又大材小用。不过，团队里有个没毕业的姑娘，实在是件幸福的事情，自己都觉得嫩了不少。小薇来了快仨月了，没碰过业务，只负责包揽打印复印扫描的差事。

"说正事，慢慢说，什么情况？"苏丽诺挺喜欢这姑娘，在她面前，她很有老员工、老领导的威严。

"哦，是这样的。你请假的这两天，上面派了一个活儿。团队里别的咨询师，不是休年假的，就是忙不过来。我想着你休假，没敢打扰你，就自己仗着胆子写了一个方案出来。"小薇喏喏地道来。

"嗯，辛苦了。我还在车上，再有半小时能到公司。你发到我邮箱

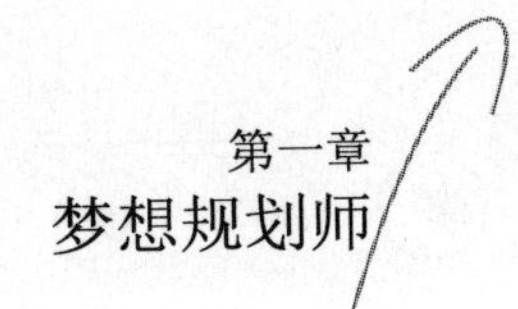

里吧。”苏丽诺头靠着车窗，一板一眼地说，她能想象到小薇手托下巴，紧张地打电话，吐着舌头，舌尖翘起的搞怪模样。这是她手足无措时的惯用表情。

“来不及了，刚才Tom发邮件说，客户下午来访，他要半小时后看我们的准备方案。可着急了！我该怎么办啊？”

“这么紧急？你怎么不早说？我休假也是可以干活的，方案不是随便做的，需要前期调研的，还需要一定的分析技巧。再说我不在，不是还有别的咨询师吗？自作主张是会要人命的。Tom很难缠的，他的问题都很尖锐。你做的方案对付得了吗？”苏丽诺有点急了，这个小团队她说了算，出这种纰漏她要负责的。Tom虽然不是她的顶头上司，但却是业务这条线上最刁钻的老板。最要命的是，现在她连半点头绪也没有。

“那我们怎么办啊？”小薇听上去要哭，沮丧着，有点小逞能被掀翻的意思，更像是小女孩大风天里被吹翻了裙子，慌手慌脚，左捂右盖，乱了阵脚。

“这样，你电话里说一下报告的结构和主要创意。我来提出修改意见，你现在就改，马上改，我们同步进行。再发一份到我邮箱里，你改的时候我也可以继续看下一段。”苏丽诺语气缓和了不少，其实，在她看来，没有天塌下来的工作，一切都是能应付的。她享受这种危急时刻救场的感觉，这能展示她的聪慧和能干，让她的自我肯定爆棚。出了问题怎么办？先调配资源来解决问题，再总结经验，最后追究责任，这是老外的思路，苏丽诺精通此道。

小薇像汪洋里抓住了救命稻草，连忙打开自己的报告。从架构到细节，逐条跟苏丽诺过了一遍。她语气透着十足的不自信，这是她的第一个案例，也是第一次无人指导做出的报告，很多地方考虑不甚成熟。苏丽诺开始几条还指指点点了几句，后面就越发沉默了，只是在沉默之后问了一个问题："调研的数据哪里来的？可靠吗？"

"可靠。是我在我们学校图书馆查的，当地生活水平的推算，参考的是当地最新的消费分析和走势图。招商部分的数据是我从几位咨询师前一个案例里搜罗的。"小薇被苏丽诺的沉默吓住了，但还不忘怯怯地追上一句，"特别糟糕是吗？是不是全部要改啊？Tom问起我怎么回答啊？再也不自作主张了，我错了。"

"还好。Tom那边我来应付吧，需要加进去一些风险评估和适用法律。我已经到公司楼下了。辛苦你了。快去吃午饭吧。"苏丽诺的话打消了小薇的顾虑和担忧，她如释重负般挂了电话，转身裙角飞扬着去吃午饭了。而电话这端的苏丽诺却陷入了完全的沉默。长江后浪推前浪，前浪死在沙滩上。她被小薇临危受命的报告给秒杀了，构思精巧，数据应用恰到好处，设计大胆，推理独到。她在没有章法没有刻板成见的套路里，展现了创造性。唯一欠缺的是思虑周全，这是长时间的经验积累而成的。苏丽诺觉得，她在这个年纪是绝对没有这个水平和高度的。可

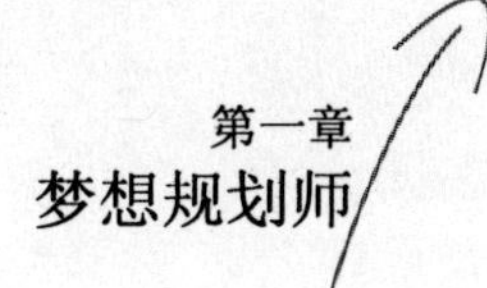

苏丽诺没有表扬她，她怕小薇骄傲，而只是感谢了她的努力。可只是害怕新人骄傲吗？那隐含其中的，更多的是欣慰、失落和目瞪口呆，它们正复杂地交织着。

二

地球太小

每个人在公司的地位都不是轻易得来的，有人靠卖命，有人靠美貌，还有人靠关系。无论怎样，能力和个人魅力是两条万能法则。能力就是硬实力，好比考试里的必答题，能力在哪里，分数就在哪里，能为公司带来直接收益，这样的人，哪怕整天拉着脸，老板也喜欢。个人魅力好比软实力，赚得人际关系，散发正能量，这样的人通常根基深厚，没人不喜欢。

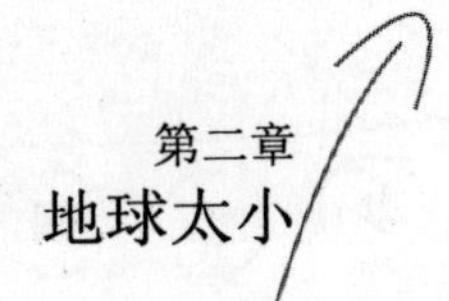

第二章

地球太小

苏丽诺付了车钱，一手拿票，一手关紧车门，脚下生风般走进大厦。

每个人在公司的地位都不是轻易得来的，有人靠卖命，有人靠美貌，还有人靠关系。无论怎样，能力和个人魅力是两条万能法则。能力就是硬实力，好比考试里的必答题，能力在哪里，分数就在哪里，能为公司带来直接收益，这样的人，哪怕整天拉着脸，老板也喜欢。个人魅力好比软实力，赚得人际关系，散发正能量，这样的人通常根基深厚，没人不喜欢。

在苏丽诺心里，Tom要算前者吧，他这个业务部总监，在公司里有着不可动摇的地位。业务部门的客户关系就等同于生命线。Tom的刁钻和不够友善，跟他把持客户资源绝对分不开。尽管公司被并购，各种裁员重组的消息不绝于耳，可Tom不怕，风雨欲来却越发得意。还有传言说，新东家来了，他不但不会被裁掉，还会在重新组成的部门里官升两级。对苏丽诺来说，虽然Tom不是直接老板，也绝对不能怠慢。

午餐时间，电梯很难等。苏丽诺果断地选择了货梯，电梯上行，过了二十层，便一门心思爬升，数字鲜红，锁定在二十八层，不动了，这反而让人十分焦心。穿过灰色的安全通道，快速地到达办公室，小薇果然去吃午饭了。心真大啊，苏丽诺想。她快速地打开电脑，查收邮件，粗略地填补空缺，又打印了一份出来，在脑子里过了一遍方案的大概，力图不要在给Tom展示时，让自己太尴尬。时间差不多了，她吸足了一口气，又缓慢地吐出来，毕竟在方案分析上自己是专家，Tom再刁钻，也不过是从客户角度提问题罢了。在苏丽诺看来，客户的需求统统分两种，合理的和不着边际的，兵来将挡水来土掩，没什么可怕。苏丽诺整理了一下裙摆和领口，手指绕过胸前的一绺头发，说实话，这呆板的主播头，对于她的年纪实在是很显老。再加上一丝不苟地用弹力素造型过，看上去很像一顶假发。她天生一张娃娃脸，眼睛又大又萌，要想在职场上显得干练，发型和装束是绝对子弹。

苏丽诺穿过半个办公区，职能部门的姑娘们正簇拥在茶水间讲时下流行的草根明星，嘻嘻哈哈，笑声此起彼伏。她们的生活是怎么过的，公司都这样了，指不定下一个走的是谁，还有心情闲谈这些？什么湿露露干露露的，她们露不露，露哪里，跟公司业绩半毛钱关系没有。明知是炒作，还往人家坑里跳，于公于私都是内耗。此刻的苏丽诺有点安阳上身的意思。她心里浮起一丝不屑，对于要么升职要么跳槽求升职的苏丽诺来说，这种讨论纯属浪费脑细胞。一般午休时间，她宁可听听BBC广播，准备一下语言考试，也不会凑到姑娘堆里说这些有的没的。

她走到Tom办公室前，抬手刚要敲门，门唰的一声被拉开了。于浩一身蓝色西装，眯着小眼睛，笔挺地立在门里头，见她来半点不惊讶，用手扶了一把眼镜，嘴角咧得勉强，脖子朝前讨好地探了一下，感觉似笑非笑。个头挺拔但掩饰不了他目光猥琐，苏丽诺很反感地想。苏丽诺和于浩各自带领一个咨询师团队，平时的分工只是区域不同，于浩负责

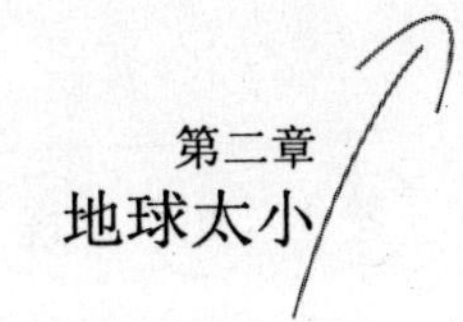

大中华区的北区，自己则负责南区。工作内容是一样的。这次并购，听说新东家只想保留一个团队，这让于浩和苏丽诺成了明里暗里最特殊的伙伴关系。明里，相互调用资源，都想让自己的人多接触对方区域的客户和市场，也多积累和对方团队的人脉关系。暗里，相互较劲，拉拢和业务部门的关系，争取得到更多的项目，以免到了裁员的关节点上，讲不出业绩，陷入被动。苏丽诺讨厌于浩，更在于看不惯他那副嘴脸。做工作汇报千万别被安排在他前面，他最善于的就是总结你的漏洞，再把你说过的有营养的话重新包装一遍。在美国野鸡大学留学了几年，回国便称自己是在美国长大的。张口闭口我们美国，满嘴东北话掺了台湾普通话的腔调，对下一副桀骜不驯，对上一脸谄媚。

“回来了？一切顺利吗？”于浩一张口这么问，就让苏丽诺心里十分不爽。自己休的是年假，一切顺利是从何而来呢？不过她不怕，印象里她没跟公司里的人提过自己去商学院面试的事情，便自然地笑着回了一句：“谢谢，假休得不错。还没去吃饭？”

“刚和Tom开完会。等你汇报完，一起吃楼下食堂，怎么样？今天有新鲜的小黄花鱼。”于浩此刻已和苏丽诺擦肩，两人位置换了一下。苏丽诺在门里，于浩在门外。答应他，自己实在懒得跟他一起吃饭，不答应，当着Tom的面，显得自己小气。黄花鱼？还黄花菜呢！

“那就茶水间，不见不散，一会儿见哈。”苏丽诺笑容轻松自如，心里暗骂自己没有骨气。

出乎意料，Tom根本没有难为苏丽诺。他今天心情格外好，汇报从一开始就被Tom的两个小笑话引导了，变成了随意和调侃风格，客户导向的问答，也变成了两人一个战壕，下午如何驳回客户请求的模拟练习。苏丽诺搞不清楚状况，她在心里猜测，股票升值了？不是没可能，但是像Tom这么专业的老油条，该不至于这般喜形于色。升职的调令下来了？更不会，那他该十分珍视下午的客户，毕竟生意还要做的。那会是什么？莫非跟于浩有关？

“来，坐。面试怎么样？”Tom十指交叉，双肘置于老板台上面，面带谦和，像是送关怀下乡的县委干部正在跟“五保户”谈话。

“还行，家里找小时工是个大事，面了几个都还不错。”苏丽诺反应极其迅速，她采用了死不承认的策略，就是不接茬。但是脑子里一根弦绷得紧紧的，谁走漏的风声？商学院面试的事情不是小事，不能轻易让任何人察觉自己想走的动向，这直接影响着自己奋斗多年的地位，万一得到晋升机会，她当然果断放弃商学院，再说，那张录取通知书还只是个影子呢。

“小时工？呵呵，好。”Tom朝后仰了一下椅子，“我这边可能会开放几个新位置，想问问你的兴趣。说实话，职位没有你现在的高，也不带人了，算是独立贡献者。”

“您这边的位置都很锻炼人，我当然愿意考虑。只是……”

“我能理解，你和于浩在竞争一个经理的位置，这个扩容在一起的

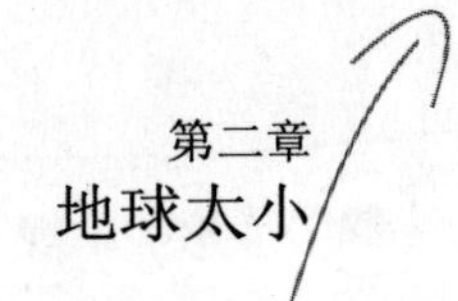

团队能走多远还是未知。而且，恕我直言，失败的那个很可能不会有好日子过。”

别人跟你推心置腹，不论是真是假，此刻再装疯卖傻就有失水准了。于是苏丽诺选择了不置可否地微笑和点头。少说没有错，多说多错。

“方案挺好，下午还得靠你多帮衬。”Tom这种千年老妖，显出百年不遇的客气，让苏丽诺受宠若惊。Tom穿着白衬衫，袖口上有两颗琥珀桃心的袖扣，看着挺有朝气。他面容白净，嘴角下耷，像是保护着嘴唇下面那一撮小胡子。配上难得的桃花笑容，像一棵老树发了新芽。这男人的客户资源是怎么积累的呢？苏丽诺奇怪。

她爽快地欸了一声，正准备离开，Tom又反问了一句：“新来的实习生都怎么样？新团队想留用两个快毕业的，留意下不错的。辛苦了。”

“好。”苏丽诺想就势提一下小薇，但是话到嘴边又咽下去了。这次不是因为嫉妒，因为她清醒地想明白一件事情，自己团队的实习生好坏其实都和Tom部门没瓜葛，要留，也得是苏丽诺自己的老板同意啊。留实习生的名额少得可怜，哪能随意开口子呢！

离开Tom办公室，苏丽诺抱着笔记本，向自己的工位走去，心里盘算着Tom给她的机会究竟是什么意思。接受，就等于现在缴械投降，自保一个相对安全的位置，暂时不被裁掉。不接受，势必要卷进和于浩的这场厮杀，她从心里不喜欢这种决斗。经过茶水间，看见于浩已经解开了胸前的西装扣子，潇洒地倚靠在高脚桌旁，正逗女孩子开心呢。

见苏丽诺走过来，于浩抬手示意她："嘿，苏，电梯等你哈。"

苏丽诺心里觉得他做作，但还是仰起了笑脸，点了一下头。

电梯里两人都笑着寒暄，于浩起头聊了聊天气，苏丽诺这几天不在，便回应了两句新买的书。这样的工作午餐最折磨人，没的可聊，对着一张自己不太喜欢的脸，还要做有食欲和热情难挡状。

"我跟Tom推荐你的，他那边要成立新部门。"说完，于浩夹了一块琉璃虾球送进嘴里，根本没看苏丽诺的反应。

"你信佛了？开始普度众生了？"苏丽诺厚道地放下筷子，黄花鱼夹了一半，又放回自己盘子里，佯装认真地问。

"我怕你想不开真去读什么商学院，不至于的，把自己发配到那么老远。"于浩擅长套话，而且你永远不知道跟他推心置腹的后果是什么。曾经有罗姓咨询师因为方案制订得罪了于浩，这家伙表面毫无变化，却在一次和总裁午餐时说，公司有位罗姓咨询师很喜欢炒股，而且蛮有心得的，自己赚得钵满盆满，上班时间也常常指导众人买进卖出，十分有人缘。可以想见，总裁听了这话什么感觉，就算是问题调查明白了，罗姓咨询师自己也心寒了，觉得在公司待不住了，最后卷铺盖走人。明骚易挡，暗贱难防！

"你什么时候学得这么会联想了？怎么就算准了，二虎相争，我就

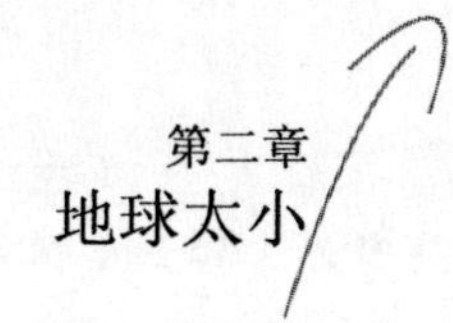

要远走他乡，位置就一定是你的？”苏丽诺至少还有点女性的顽皮特点，可以帮到她圆场，脖子一歪，语调轻松，看着不算太生涩。

“也不是算。你也眼看三十了吧，没成家，没要孩子，团队重组选帅，这都是些隐蔽劣势。你自己不考虑这些，也会有人替你考虑。我有哥们在总部的人力资源部，他那有小道消息。第一，经理的任命要看团队大小，手底下人数够了自然就是经理。咱们现在的状况刚好是两个团队合在一起人数才够。这是大趋势。第二，新东家对任用经理的条件里，相对稳定和持续就职是个软性条件。你觉得咱们之间竞争，相对稳定这条谁占优势？再有就是持续就职期这条，你在考虑商学院的事情，这种消息是绝对劣势，你能行吗？我是真心为你考虑。”

“读什么商学院？捕风捉影。”

于浩嘴里呲了一下，好像被鱼刺扎了舌头一般，咬着一点点舌尖，嘴角朝下撇着，眼睛眯缝着，看着奸诈让人讨厌。

“那推荐我去Tom那边对你有什么好处？”苏丽诺明白，于浩又要开始胡诌了，这是无法查证的事情，任他随意吓唬人吧。而且这一招叫作先吓退对手，没多少技术含量。

“你玩过斗地主吗？”于浩眼睛瞪得溜圆，然后猫一般眯成一条缝，抻过头，鬼头鬼脑地问，像是怕旁人听见。

“玩过，这有什么关系？”

“必要的时候，即使拆散自己的牌，也要送走搭档，取得大家的最终胜利。”于浩说得深不可测的样子，说完凝视着苏丽诺，意味深长地点了点头。他似乎知道些什么，可是苏丽诺猜不出来。还有疑问她摆脱不了，这家伙是怎么知道自己去商学院的呢？什么叫作大家的最终胜利？大家指的是谁？

午饭后，苏丽诺沉在工位上看方案，手边放了中杯星巴克的黑咖啡。她昨夜没睡好，尽管她还来不及仔细体会早上沈波带来的打击，可情绪却已经开始作祟，有一种隐隐的疼痛和挫败感，仿佛随时能挣脱牢笼，席卷她每一个细胞。还好有这么棘手的方案要改，有客户要对付，有于浩要提防。和这个世界作对也不是一无所获，至少目前看来，好处是可以暂时忘记沈波带来的不快。这是不是这个年龄坎上，很多工作狂共有的，一心或是刻意一心扑在事业上，来求个自我安慰，求得业绩忘记烦恼？她想不明白，便只能大口喝两口咖啡，提起点精神好去战斗。

而此时，安阳正坐在她一众同事中间，打算给大家传达早上院领导的会议精神。下午两点开始，就是传说中的死亡时间。每个人坐在那里都是饭后打盹的状态，谁也不能真正集中精力。安阳看了一圈她的同事们，把手指弯曲伸直，看指甲干不干净的和已经睡过去不知所以的分了两拨。她也没叨扰他们，只是不自觉地扫了两眼楼下小院。这是二十世纪八十年代就建起来的小院，有两座四层小楼，灰色的水泥墙面，台阶上有风蚀掉渣的痕迹。在这院里办公的同属一个国有化工研究所的人。安阳调整角度，便能看到窗下的银杏树，叶子黄了一半，

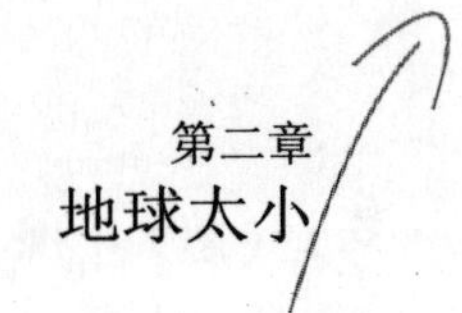

第二章
地球太小

有几片干瘪着吊在树尖，一阵风来，便应声而落了。她心里生出一个词来：百无聊赖。

她这一天过得不好，早上接苏丽诺，又送走万朵拉。早饭都来不及吃就匆忙赶着来上班。因为是老式结构，院里不能停车，她只能停在对面马路边，塞着耳机，再顶着太阳走过来。

刚一进传达室的大门，看门李大爷就热情地招呼她："安老师，今天早哇。"安阳笑不露齿，一脸阳光，歪头致意而过。李大爷六十来岁，穿着时髦，因为爱看八卦消息和化妆频道，就自诩是混娱乐圈的，平时还喜欢跟女研究员们切磋个瑜伽健美操啥的，没人敢不拿李大爷当回事，他是院长夫人远房嫂子的亲娘舅。他只喊安阳一人老师，咬死了说安阳跟电视里一个教美妆的台湾老师长得一样。总是无妆胜有妆，面容干净清爽，眉眼看着舒服。

安阳迈上低矮斑驳的台阶，走进阴暗悠长的走廊，水泥地刚拖过，一定用的是那种蘸满了水的拖布，从踢脚线上甩的泥水点能看出，清扫的人是怎样一带而过的。安阳走在楼道里，平底鞋的鞋底子被地上的水粘上，有种又凉又潮湿的感觉。迎面踢着水桶举着拖布走过来的，就是擦地的王姐，王姐是这里资历最长的清扫工，来头不详，但是不论干成什么样，工资都照发，来或不来都拿全勤奖。安主任您来得早啊，她客客气气先跟安阳打招呼。王姐要算是混仕途的，称呼走的是行政范儿路线。忙呢，王姐。安阳这算是打了招呼了，她推门就进了实验室。包收进柜子里，在试验台前摘掉手表，开始洗手，水花从水龙头里带着冲劲喷涌而出，就再也关不上了。安阳溅了一身水，弓着腰，按着水龙头，又捂又拧。这时，推门进来一个年轻男生，是刚分配来的硕士研究生，见状，放下书包就跑步去关掉了总阀。安阳第一时间是拿干毛巾擦表盘，那男生换了白大褂过来帮着收拾，抬头随意说了一句："上午再催维修工来修修吧。"安阳回复了声哦，刚来的哪知道，催也没用，维修工比财神爷还难请。"手表放进干燥器里试试吧，安博士。"这是学院派的叫法，也是安阳最为喜欢的叫法。可她心里更喜欢别人喊她安阳，像苏丽诺所在的外企一样，人人平等，没有关系不用理会人情世故。

安阳刚换上白大褂，今天她想捡起上周前就该开始的实验。可还没等开始做实验准备，办公室小刘就敲门进来了："安老师，院长会议室有请。"

"谢谢了。这就去。"安阳心里无奈，一个会废一天。让一个研究人员整天跟各种会议精神打交道，哪还能有什么科研成果啊！

"带上水杯啊，看样子这是一上午的会呢。"小刘消息一向灵通，狗仔队上身般地嘱咐了一句。没等安阳答复，实验室大门已经关上了，正吱吱嘎嘎地摇摆不定。

安阳带着水杯，从院长会议室里的桌子上，抓了一把茶叶，那铁皮罐子上写着：安徽新茶。来开会的都是院里的中高层领导，一共百十来人的地方，院长一个，副院长五个，像她这样的科研室主任十来个。有来早的，借着其他人都没来便开始跟院长拉关系套近乎。安阳一般坐在最后，水倒好，然后安静地坐着，会议室总有一股潮湿的味道。

会议相当冗长，院长先开始，介绍了国际动态，汇总了近期国内大型的科研成果。会议的重中之重，是说体系内又出现了不要命累昏倒在实验室的新典型，组织上要求全体学习，还得写心得和报告。院长好容易讲完了，管行政和思想工作的副院长又开始鼓劲吹风。之后几个副院长都总结了上周工作，表达了学习先进的热情。安阳无聊至极，给万朵拉发了短信：干吗呢？

万朵拉回复：房产局人多，事情没办成。正在密云度假村按摩呢。

安阳：跑那么远？周日回得来吗？

万朵拉：废话！周日你婚礼。明天就回，后天，周六晚上咱们仨还得通宵聚会呢！

安阳暗暗羡慕，有自由的生活才是生活好不好！想去按摩抬腿就走，想做什么就能去做什么。每天闷在研究所跟一棵盆栽植物一样，毫无生气，如果是为了科研还好，整天写行政报告，学习各种精神，这样的生活不是浪费青春是什么？

安阳从彻底的走神里回过神儿来，依然是下午，依然面对一众昏昏欲睡的同事。他们穿着白大褂，围成一个圈坐着，点头瞌睡着，哈欠连天。安阳清了清嗓子，全体才都一下从梦里回来。她把上午的会议十分简单地传达了一遍，又把院长留下的作业也布置了下去。还是没有人出声，安阳好像在看默片。她扫过同事的脸，忽然抛了一个问题出来，问的是最爱挑事的孙研究员："上次出差的费用报销了吗？"

这个问题抛出来，好像引爆了氢气球，威力巨大，孙研究员顿时精神了。开始呱啦起出差报销不及时，财务处的人多牛气，去上海吃了老字号之类的八卦，气氛一下就活跃了。大家纷纷参与其中。气氛轻松自在。这就是生活，扯着扯着一天就结束了。安阳望着窗外，觉得自己的决定无比正确，三十了，得给自己一个交代，学上了二十来年，也争取来了科研机构，可每天除了虚度还有什么？干脆结婚吧，也算完成人生大事了。

万朵拉跟安阳发短信时，正趴在按摩床上。通体只穿了纤薄的纸质内裤，身上裹着雪白的浴巾，按摩师手擦香草按摩油，把她的整个后背都涂满了，正在为她疏通肩颈部的经络。在淡紫色的房间里，按摩师点燃了几支艾草味道的蜡烛，有股让人舒心的中药味道弥漫在空气里。房间里不能开窗，于是开了一点空调，音乐不知道从哪里飘来，若隐若现，好像是齐豫唱的佛经《大悲咒》。

"您保养得真好，肩颈部一点气节淤积都没有。"按摩师挺卖力，四肢攥起，大拇指发力，在颈部下方开始推油，大口罩里传来按摩师轻柔的声音。

"没有吗？不能啊。我平时挺辛苦的啊？"万朵拉把脸侧过去，玩着连连看。

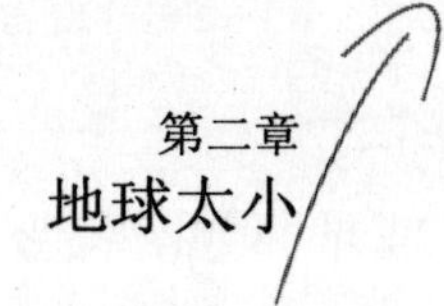

第二章

地球太小

“您不是坐办公室的吧？真的一点气节都没有哎！”按摩师哪壶不开提了哪壶。

“这能看出来吗？平时打游戏也是一个姿势啊，怎么看出来的呢？”万朵拉把手肘向里夹了一下，把身体支起来，回过头问按摩师。她是有多介意别人看出她不工作的事情呢？其实平时她也没觉得怎样，只是每次这种场合，就会让她浮想联翩。会想到安阳正在实验室搞科研，苏丽诺正在外企里风风光光地跟老外对话，而自己每天一睁眼就是中午，随便叫个外卖吃，下午提着电脑，像模像样地坐在咖啡店或者甜品店里。在网上招呼这个，联系那个，要是大家都忙，就觉得被世界抛弃了。晚饭一般是要找人一起吃的，所以有男朋友是个重要的事情。苏丽诺和安阳老是劝自己生活不能太随意，可不随意要怎么样呢？活着就是来享受的，每天坐在办公室里当盆栽，那样太不值得了。要是年纪轻轻就被婚姻绑上了，那更是可怕，万一不慎再有了孩子，苍天啊！万朵拉在半梦半醒间竟然想到了这一层，于是转过脸，觉着安心了不少，接着睡。按摩师此时将手掌沾满按摩油，从她的脊椎向肋骨发力。

周六那天，大家都在为第二天的婚礼而忙碌，万朵拉的新男朋友廖杰一直没出现，这让苏丽诺充满了好奇。因为安阳跟她说，朵拉这次的男朋友可能比较靠谱。这可不是朵拉自己说的，而是一向谨慎小心的安阳说的。安阳说话没有折扣，跟天平上称化学粉末一样，一丝不苟，误差可以被精确至极，可以被科学地忽略。

婚纱、礼服都重新让安阳试了一遍，朵拉和苏丽诺在一旁帮着收拾第二天所需的各种小玩意儿。主持人傍晚才出现，来跟老王和安阳又过了一遍婚礼现场。等主持人和老王他们走了，房间里只留下了三个姑娘。婚纱挂在房间中央的衣服架上，纯白色的，让人生出一种对新生活的向往。这就是安阳当初果断地做决定的原因，她要有点变化。

万朵拉趴在床上，姿势跟按摩时很像，唯一不同的是她穿着一身缀满梦露头像的家居服。苏丽诺蜷在床角，入迷地看那件婚纱。

这情景可以追溯到她们高中时候，那时候也是在安阳家里，三个人佯装凑在一起写作业，其实是在听吴奇隆的卡带。安阳家是平房，老杨树恨不能把整个老院子都遮在树荫里，大风扇在屋子一角有一搭没一搭地转，发出吱嘎吱嘎的声音。那时候谜底还没有揭开，不知道她们未来会考进哪所大学，嫁个什么样的男人，过怎样的生活。时间过得可真快，一转眼就都要三十岁了。

“安阳，跟老王结婚是你的梦想吗？”万朵拉趴在那里，脸挤着床。

“什么是梦想？”安阳立在地上，两只胳膊交叠在一起，严肃地看着朵拉。朵拉不会介意她这个眼神，从十几岁认识她，她就这个德行，高傲冷峻，像个科学家，当然，事实上，她的确走在这条路上。

“唉，这问题我知道。”苏丽诺靠着床头不紧不慢地说，“记得我去面试时遇见的那个家伙吗？名字特长那个？”

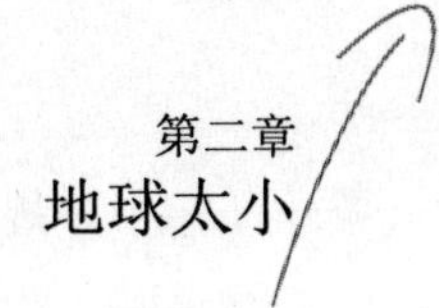

“嘟噜？”万朵拉开始捣乱了。

“差不多，就嘟噜吧。那家伙是研究各国青年人梦想的。说是要创业成立一个梦想规划师公司，专门聘用顾问帮年轻人规划梦想，把梦想的一部分变成理想，然后变成现实。通过排序啊、重组之类的方式。”

“你信了？”安阳用同样质疑世界的眼神看了一眼苏丽诺。

“挺科学的。他说，理想呢，就是合理的想法，所以去努力加上运气好，就很有变成现实的可能。而梦想呢，就是白日梦和黑夜梦里，流着口水时，想去实现的那些不着边际的东西。举个例子，什么抓外星人拿灯泡照着玩啊，穿越地心啊，吃到比房间还大的荔枝啊，变成一只蝴蝶啊这类的，很可能在你生存的这个空间和时间，就算怎么努力和运气都不能帮助你实现。”说完苏丽诺自己也有点吃惊，她好像把吉塔斯的话背下来了，还倒背如流。

“感觉还成，有点道理。”安阳歪头，嘴噘起来，肯定了一句。

“他长得帅吗？”万朵拉从她的长发里把脸露出来了。

“不帅，挺怪异的长得。唉，说说廖杰啊，我还啥都不知道呢。”苏丽诺凑近朵拉。

“挺一般的，就是他们公司酒会，我去了。聊了几句天，跳了两支舞就换了电话号码。没什么特别的。”万朵拉把相遇讲得稀松平常，这吊起了姑娘们的胃口。

“不对吧，万同志？每次讲新男友都从车上讲到床上，各种浪漫

情节，这个怎么那么简单？”苏丽诺比量起要打闹的手势，开始活动十指。

“这个还真没有，发展缓慢中，一见钟情懂不懂？”万朵拉说到廖杰竟然少有地脸红了。

“不说是不是？”安阳歪头看她，然后跟苏丽诺使眼色一起朝万朵拉身上卷床单，好像要把她叠进去。

三个姑娘嘻嘻哈哈地笑成一团。然后精疲力竭地趴在地毯上和床边。苏丽诺问安阳：“真的，老王是不是你的梦想？”

“不是，我的梦想是像你那样，做点有国际视野的事情，总能为自己打算，想折腾就折腾，不想太稳定，还最好能像朵拉一样，自由自在。”

“羡慕我？我还羡慕你们呢！折腾可不是我自愿的啊，谁知道漂洋过海地读完了，是个什么光景啊！”

“你的呢，朵拉？”安阳问朵拉。

“我的？跟你差不多，希望既有时间自由支配，又可以稍微朝九晚五。极度的自由等于束缚。不早起费一早上，早起费一天的生活也不怎样。再说，我也觉得老这么啃老没个头。阿诺呢？”

“我也不知道。很多时候我也对自己的生活不满意。但主要是对自己不满意。觉得在公司里不过就是个螺丝钉。再看你们两个，一个香艳美女，一个是科学家，我站在你们旁边，特别渺小。”

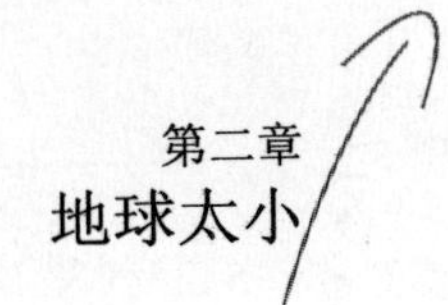

第二章
地球太小

"那咱们让嘟噜给规划一下？"万朵拉瞪起她的杏仁眼，又大又闪。

"还用找他？我就能规划了。咱们一起开个咖啡店吧，咖啡，跟国际化接轨，老外来得自然多。自己的店时间自由，想怎么折腾就怎么折腾。生活多姿多彩，还很富有情调。"安阳越说越起劲，也带动了苏丽诺和万朵拉。

"这算是咱们三个共同的梦想了。太完美了。等婚礼结束就开始着手吧。我出钱还出力，你们支持我，给我把关，当高参。"万朵拉气势如虹起来。

"钱我也有点，可以一起。你也不能总是从你爸爸那里拿钱，他岁数也大了，不是提款机。还是找个靠谱的男人比较实在。"苏丽诺枕着万朵拉的小腿悠悠地说。

"对了，明天你舅妈来吗，阿诺？"安阳问苏丽诺。

"来啊，一听说你结婚别提多开心了，刚从西班牙自助游回来，买了两条礼服裙子，正找不着场合穿呢。你解救了她。"

"我挺喜欢你舅妈的，丁克家庭，多棒啊。做女人就要做这样的类型。"安阳少有地夸一个人，还夸得那么纯粹不掩饰。

"我也喜欢，那就是我偶像。你舅妈不是妖精变的就是女神，活得潇洒嫁得好。对了，你舅舅怎么老不见？他是做什么的？你从来也不提。"万朵拉别过脸问苏丽诺。

“她活得潇洒是她年轻时够棒有资本，她从前是个翻译。我舅舅啊，就是一个要退休的小老头，脾气不大，宠着她，什么都由着她折腾罢了。”苏丽诺嘟嘟囔囔地回答。

这一夜注定是不眠之夜。明早安阳要嫁人了，尽管新郎是大家都无比熟悉的老王，可嫁闺密的感觉实在不同其他。有激动，有期待，还有满心最诚挚的祝福。

老王请了一个专业的拍摄团队，这成了整个婚礼前奏的重头戏。摄影师很能捕捉细节之美，安阳扬起头纱的瞬间，在晨光里能看到她那妆容精致的面庞，她提着婚纱，俏皮地走向窗台，去取放在窗台上的金色高跟鞋，脖子纤长，动作优雅。床头上一对指环，迎着新一天的太阳闪闪发光。苏丽诺十分羡慕地穿着白色的伴娘纱裙，贪婪地看着这一切，结婚是多么让人向往的事情啊，她幻想着自己穿上婚纱的那一天。万朵拉此刻正缠着化妆师给自己补妆，刚才安阳穿好婚纱，开始三个人都是很开心的，可朵拉莫名其妙地哭了一鼻子。等再出来，她的眼线形状变了，延长了好多，尾部走势更向上了。苏丽诺问她，你画这么妖艳干吗，她笑着答道，说不定有机会呢，闺密婚礼最有意外发生啦。

婚礼是半西式的，草地上摆放着白色的座椅，椅背上绑着金色的蝴蝶结。宾客都坐满了。四下安静，结婚进行曲从四面安放的音响传来，安爸爸牵着安阳的手走上红毯，苏丽诺和万朵拉跟在后面，手捧鲜花。苏丽诺凝视着安阳的背影，竟然也忍不住哭了，她感觉全世界最美的华

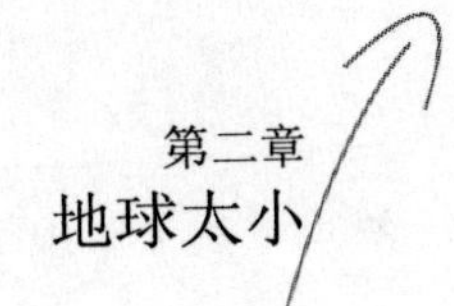

光都集中在安阳的脸上，她的背影看上去那么美，仿佛安阳走向的不是老王，而是全新的生活。当安爸爸将安阳的手交给老王时，苏丽诺注意到安阳看着老王的目光，有希冀和憧憬。她为安阳感到开心！

安阳曾经说她不喜欢众人见证誓言的场面，可现在牧师就在眼前，读出无数姑娘为之激动向往的誓言，当问到新娘时，牧师说："安阳，你是否愿意嫁给王家明为妻，爱他、安慰他、尊重他、保护他，像你爱自己一样。不论他生病或是健康、富有或贫穷，始终忠于他，直到离开世界？"

安阳清楚地答道："我愿意。"

苏丽诺看向老王时想，他该是此刻最幸福的人吧。老王紧闭着嘴唇，笑意盈盈的。苏丽诺发现了老王身后的伴郎团里，有个男生她不认识，高大笔挺，面容干净，黑色西装白衬衫，打着简单的领结。他头发不长，但是看得出来有一点点自来卷，帅，气场强大又很低调，谦和自然，看上去是个教养很好的优质男人，莫非是朵拉的新男友廖杰吗？想到这儿，苏丽诺不自觉地又朝那里看了一眼。刚好迎上那人的目光，十分友好，大方。世上最怕四目相对的就是有缘人，这一眼怕也是如此。廖杰没有马上收回目光，而是微笑着点了一下头。苏丽诺的眼神一下零散起来，她忙收回目光，深吸了口气。

行礼部分以倒香槟酒作为结束，朵拉和苏丽诺陪着安阳去换装。三人在化妆间像孩子一样相互拥抱，激动得尖叫，然后快速地纷纷换上了宴客的小礼服。安阳的是件简单的紫红色深V鱼尾裙，看上去娴静优雅。万朵拉和苏丽诺都是淡紫色紧身的BabyMary小礼服，是她自作主张地选了她最钟爱的品牌。同一款衣服，两个人穿起来的感觉却如此不同。万朵拉将头发盘起，紧身礼服在妖娆的眼妆和曼妙的身姿映衬下，显得美艳绝伦。苏丽诺很想避开和朵拉穿同款礼服的尴尬，她觉得那只是自讨没趣，可是昨天试装时发现了镜子里不一样的自己，端庄不失清纯，有种独特的气质，不张扬且很有亲和力。三人走入宴客厅时，响起了宾客共同碰杯的响声，听上去欢快悦耳。

开始三人穿梭在宾客之间，自助婚宴的好处，就是可以让人们充分地交流。老王此刻陪在安阳身边，两个幸福的人，露着白牙，眯着眼睛，游走于亲朋好友中间。万朵拉不会一直陪着苏丽诺的，她扎在老王的大学同学堆里，一下成了男生们的焦点。苏丽诺举着一碟沙拉，拿叉子小心地把切成心形的黄瓜片送进嘴里。

“苏？”一个声音从背后响起，听上去妖气十足。

苏丽诺回过头来，发现那女人十分眼熟，可她一时想不起来她是谁。可此刻缓缓走来的男人，苏丽诺太熟悉了，个子中等，笑容清爽，眼窝里有似笑非笑的东西，很刻意地勾搭魂魄，那是沈波。冤家路窄，这回不只是路窄，简直是无路可走。

“这么巧？苏？”还是那句千年不变的老话，好像苏丽诺都是有意出现在他面前的。可这次不同，这是安阳的婚礼，苏丽诺的主场。

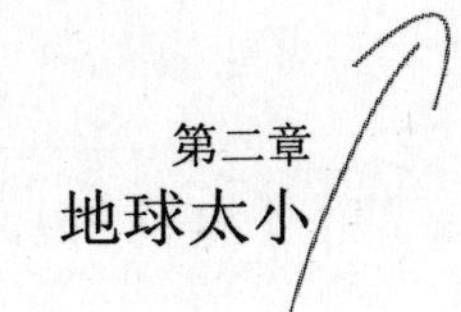

第二章
地球太小

“这是安阳的婚礼，新娘是我闺密。”苏丽诺没有被有理冲昏了头脑，拿出职场上对付Tom的套路，不卑不亢，语气适中。

“对啊，安阳，万朵拉和你，你们三个一直蛮要好的。刚刚在下边观礼，就觉得像你。多少年不见了，没印象了？”那女人打开了话匣子，堪比唐僧。

苏丽诺仔细端详着她，没错，眼熟得很，很像是一个高中同学，毕业十几年了，她吃不准便不敢乱叫。

“陆婷？你还真来了。”万朵拉的声音从旁边欢快尖锐地升起，那么流畅悦耳。朵拉来救场，苏丽诺感觉安心了很多。她旁边就跟着刚刚那个没见过的伴郎，苏丽诺不自觉地嘴角动了一下。

“这是陆婷啊，咱们高中同学，那个三角眼的小个子女生。记得吗？坐在安阳旁边的，总是喜欢把自己说成是孟庭苇的那个。”万朵拉面带迷人的微笑，举着酒杯，咬着槽牙贴在苏丽诺耳朵边上说。苏丽诺恍然大悟，转脸看着万朵拉：“啊？她啊，她整容了？”

“嗯，动过刀了，外眼角有伤疤呢。现在是一个韩国人的小三儿，那人一年来不了几次中国，留守寡妇，就剩俩糟钱了。”万朵拉脸上挂着大大的微笑，嘴角上翘。苏丽诺更加疑惑：“她旁边的是沈波啊，他怎么来了？谁请的？”

不等万朵拉回答，那女人已经一步跨过来参与了对话：“多年不见，苏还是那么漂亮有气质，朵拉就更不用提了，你已经成精了。哈哈，我是老啦，也长开了，你看这眼角都不像从前了呢！哎，青春是没了，就剩下点钱了。”万朵拉和苏丽诺听完，默契地对视了一下，然后假模假式地朝陆婷微笑起来。

“是吧？我们阿诺一直这么漂亮。这是她男朋友，东方房地产咨询公司的总经理廖杰。”万朵拉把廖杰向苏丽诺身旁推了一下。苏丽诺感觉心里一阵恐慌和紧张，谁知，廖杰十分绅士地左手揽过苏丽诺，举起右手的酒杯向陆婷点头致意。苏丽诺搞不清楚状况，但那礼貌的拥抱的确带来一种奇妙的触电的感觉。万朵拉此时情绪正澎湃，丝毫没有留意细节。

“来，介绍一下我公司的新财务总监，沈波。一表人才吧？”陆婷看不出哪里不对，便继续嘚瑟。

沈波看着朵拉和苏丽诺，装着不太熟络的样子，伸手过来，被朵拉毫无反应的举动搞得很尴尬，手讪讪地停在半空，又收回去了。

“何止一表人才，简直如同神仙放屁，不同凡响啊。”万朵拉此话一出，沈波的脸都绿了，陆婷尴尬的表情比沈波的绿脸还搞笑。苏丽诺更是不知所措，她感觉朵拉的话的确是大大的不妥，但是十分解气。她溜号的时候，传菜的服务生正和她擦背而过。苏丽诺毫无准备，于是带着千岛酱的黄瓜片结结实实地扣在了沈波的西服上。沈波凝视着苏丽诺，那眼神里有愤怒和极大的不爽，苏丽诺从那令人费解的眼神里还读出了些许不屑。他随手从服务生手里接过毛巾，缓慢又有节奏地擦了几

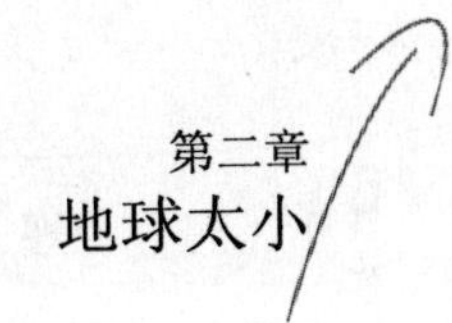

下，将毛巾重重地丢入服务生的盘子里，转身气哄哄地走了。

小风波并不影响婚礼的基调，只在苏丽诺心里不是滋味。沈波出现得太意外了，刚刚没有风度的表现，倒是让自己觉得松了一口气，自己是怎么鬼迷心窍看上了这样的男人，还有那个陆婷，也不知是哪里冒出来的。她本想拉着万朵拉问个究竟，可是万朵拉已如花蝴蝶一般扎到花丛里了。倒是廖杰还在原地，风度翩翩地，举着酒杯注视她，这让苏丽诺多少有些不自在。

“刚才让你见笑了。”苏丽诺轻轻牵动嘴角笑了一下，眼睛并没有眯起来。

“我还想笑呢，可人都跑了。”廖杰的话，让苏丽诺的尴尬和紧张如薄冰般碎裂了。她感觉廖杰一开口就有特别让人心安的力量，仿佛可以依赖。

“呃，正式介绍一下，我是苏丽诺，安阳和朵拉的闺密。你可以叫我苏。”

“你好，我是廖杰。朵拉的朋友。”说着递过来一张名片，苏丽诺接过来，礼服裙没有口袋，便一直拿在手里，手心里的汗将名片牢牢地黏在手上，“你是做商业地产咨询的？”她读着公司名字和职位。苏丽诺很白净，淡妆之下，脸上基本看不出斑点和瑕疵，阳光下看，细腻透亮，她抬头看了眼廖杰，脸上飞过一抹不易察觉的绯红。

“对，上线是政府机构，下线是有钱的投资人。我们公司能提供的是一揽子咨询方案。”廖杰一边说着，两人一边走出了宴客厅。他们站在刚刚行礼时的草地上，阳光温和极了，有种暖洋洋的清爽。“包括城市综合体的设计和调研，从建筑环节到招商，我们都能提供服务。”廖杰接着说道。

“听上去很有意思。这是你梦想做的事情吗？”苏丽诺一手拿着酒杯，一手做飞翔状，慢慢离开身体一侧，轻轻跳起舞来。旋转，裙摆轻扬，手臂滑过胸前，脸庞，动作协调优雅。可她没说实话，不是听上去很有意思，她自己也在这个行业里。

“应该不是吧。梦想这个话题太深，不适合今天聊。只不过是自己的公司，说起来总觉得像自己的孩子。让你见笑了。”廖杰注视着翩翩起舞的苏丽诺。

“怕被你见笑的该是我才对，刚才的事情还得谢谢你帮我解围。”苏丽诺回到廖杰身边，额头上有一层细密的汗珠。

“打算怎么谢？”廖杰的眼神很清澈，一眼望过去却是含义颇多，苏丽诺一时想到了沈波，也是表面上人畜无害的样子，可却是彻头彻尾的骗子。有个心理学家曾经说过，你是什么样子，世界就是什么样子。你觉得别人多情满溢，实则是自作多情。想到这些，苏丽诺反而大方释然了。

“请你和朵拉吃饭吧。”她轻啜一口杯里的酒，蜜桃芳香的味道从鼻腔溜走。送进嘴里的却是苦涩辛辣，再咽下去，感觉酒在嘴里热力四

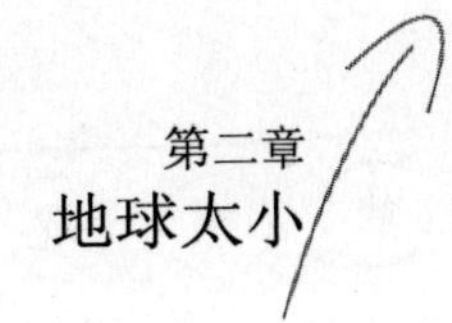

射，滑过口腔、食管直到胃里。

“给我一个单独请你吃饭的机会，怎么样？听朵拉说，你在外资公司里做咨询？我们是同行。”

“是啊，不过外企里各个都是螺丝钉，经验和全面性一定不如你这自己创业的。”苏丽诺暗暗地想，原来他早就知道。

两人聊着聊着，从商业大环境聊到了养宠物的兴趣上，还互换了联系方式。彼此投缘自不必说，更多的是，苏丽诺发现她很喜欢和廖杰聊天。尽管，她隐隐地感觉廖杰是那么的不真实，口音和语调都是修饰过的，只在兴起时才会露出老家的口音，可是苏丽诺捕捉到了。她的原则里，这是男人自卑的表现。然而这不能阻止她想要再见到他的决心。

摄影师的助理招呼他们两个过去照相，大厅里新娘和新郎已经站在正中央，各路密友、同学、同事按照不同帮派正分拨过去簇拥，人人喜气十足。两人走过去时，正赶上前一伙人散去，伴郎伴娘团正在站队。胖的不爱紧挨着瘦的，矮的尽量不靠着高的。

“阿诺，站这！”安阳抬手招呼苏丽诺，今天的安阳格外兴奋，笑逐颜开的。苏丽诺应声走过去，站在新娘边上，廖杰站在她旁边。万朵拉和一个大学女同学也是多年不见，正在队伍的后面相互咬耳朵，时不时传出叽叽嘎嘎的坏笑。

“太好啦，都看我哈，先来张摆拍的。”摄影师蹲着马步，撅着屁股，很卖力地站在三脚架前指挥着。

“好，现在来一张抓拍，请两两相对，随意发挥哈。”摄影师一声令下，新郎新娘立马深情相望，戏份十足。有人很会演，扮鬼脸惹搭档笑；有人很出位，拥抱在一起；也有人疯狂，比如廖杰，他在停顿了零点零一秒后，横着把他的搭档苏丽诺抱了起来。随着“咔嚓”两声，摄影师恰到好处地抓住了两张绝妙的合影。一张众人没有反应过来，各自耍宝，苏丽诺微张着嘴巴和廖杰四目相对。另一张是众人吃惊、欢笑，苏丽诺和廖杰表情不变，成了众人目光的焦点。

婚礼在哄抢新娘手捧花中散场了。抢到花的竟然是陆婷，万朵拉侧身挤过来跟苏丽诺低声说：“这是什么世道？小三抢嫁出去的老公，现在又来抢没嫁出去的手捧花，还让不让好人结婚啦？”

“就你，你哪天想过结婚好好过日子啦？”苏丽诺小声揶揄她，眼睛却不自觉地看了两眼廖杰。

那天散场，苏丽诺是一个人走的，换上她的牛仔裤和小外套，站在阳光里摆手，她目送着廖杰开车带走了万朵拉，直到那辆车在她眼睛里成了一个黑色的小点点，才收回目光。

在赶着回家的地铁上舅妈打来电话，信号像是风声里摇曳的线绳，不停地抖动。苏丽诺没什么心情跟舅妈打电话，于是便改成了发短信。

“跟安阳说一声，婚礼不错，很有新意。遗憾的是我有事先走了，改天请你们小姐妹一起喝下午茶。”

“话一定带到。您就别假惺惺了，是舅舅接您下午去看话剧吧？”

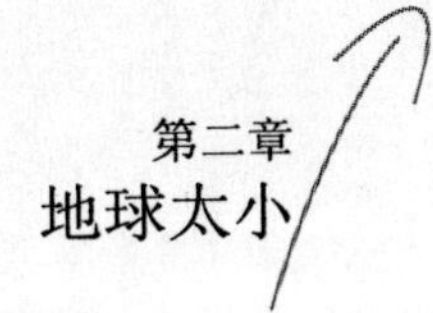

“你又冰雪聪明了。对了，婚礼上我瞧着那个伴郎很不错，和你很搭配，但是，总觉得特别眼熟，也许是跟咱们家有缘分吧。”

“看您的话剧吧，那是朵拉的男朋友。”

从婚礼回来，苏丽诺一直忙着工作的事情，项目莫名地多了起来，搞得她焦头烂额。安阳和老王跑去海南度蜜月了，老王每天都在微信上直播美景、美女和美食，安阳只是出镜绝不发表任何看法，万朵拉时不时评论一下安阳的着装尺度太有限，海边冲浪帅哥身材好之类的。苏丽诺都是无条件地赞一个，内心是无比羡慕，她的生活又恢复到死灰一般的轨迹上。上班，加班，昏睡的城铁，一杯接一杯的咖啡。舅妈时不时在微信上爆料一下新品种鲜花的长势，各种消遣放松的图片，京郊温泉两日游之类的刺激苏丽诺。这女人要成精了，她想，要是自己老了也能这么潇洒就足够了。可是，现在，一切尚早，年轻就该为梦想而奋斗，老想着退休以后的生活，似乎不太接地气。

三

风暴

当所有路都被堵死，还想坚持梦想吗？我们终究不是螺丝钉，无法心甘情愿地被随意拧。面对暗藏杀机的办公室政治，摇摇欲坠的爱情，要如何存在？

三

风骚

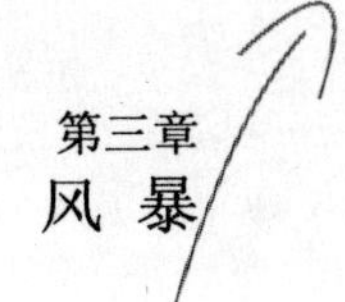

第三章
风 暴

这死灰里偶然也能闪过一丝光亮，那就是Tom的态度。自从上次汇报之后，Tom好像对自己的态度缓和了很多，一个名不见经传的小报告，怎么就打动了Tom呢？她怎么也想不明白。最让人欢喜又纳闷的是，Tom那边所有的新项目都会有意无意地倾斜到苏丽诺的团队，平日各种碰头会，他还愿意主动挪动大驾，到苏丽诺的办公区来商讨。态度十分客气，绅士，甚至还偶尔谈笑两句，搞得一向严阵以待的苏丽诺有些不知所措。有传言说，Tom的升职好事将近了，上面的管道已经打通，只差发布通知了。苏丽诺隐隐地感觉到Tom的表现很反常，有可能是在积累人气，鬼知道你身边哪个人会一跃成为新东家的宠儿，都是未知，但是并购带来的风雨飘摇一刻都没有消停。

苏丽诺小心地应对Tom抛来的各种问题，直到她收到自己老板的调令之后，才恍惚地明白大势已去，自己的新老板此后恐怕要是Tom了，但是公司裁员风如此强劲，怎么就能知道下一个走的不是自己而是于浩呢？

自从上次和于浩吃了午饭，苏丽诺就没再私下里和于浩有过任何交道。她不只是讨厌他，还要时刻保持警惕。多说多错，这是她的原则之一。可还没等苏丽诺把于浩摆出来分析一下优劣势，于浩就因为急性阑尾炎住院了，还是小薇告诉她的，说得绘声绘色的，就跟自己眼见着了一样，说公司里都在传，于浩是在加班时发作的，但还是忍着把合同审完了，疼得汗都把文件弄模糊了，才咬牙打了999急救电话。急诊车就停在公司楼下，保安给护送下去的，叫了他家人来，诊断是急性阑尾炎，当时就决定割掉阑尾，说是再晚去半小时就得穿孔了，有生命危险。

“瞧人家这病得的，在工作岗位上累倒的。”茶水间里，两个人力资源部的女孩口气鄙夷地说。

“是呀，这个干法，就是去国企也能风生水起。”

“他这病来的真是时候，这回有人要帮他背黑锅喽。呦，苏来了。”那女孩一边接咖啡，一边跟另一个八卦，见苏丽诺来了便当即打住了话题。咖啡机传来魔豆的尖叫声，苏丽诺只是点了点头，默不作声，她能理解，非常时期，人人自危，问了也是白问，少说多做才是上策。

那个下午，Tom把苏丽诺叫去了办公室。

“来，苏，请坐。”Tom挺客气。苏丽诺没有放松警惕。

“把你请来是想听听你的意见。你看看这份名单里，哪些是你想要的人。”Tom将一份邮件，从桌子上“唰啦”一声，推向了苏丽诺，那邮件的主题标明了“保密”两个字。

苏丽诺仔细看了一遍，名单里全部都是于浩团队的咨询师。“他们的情况于浩最了解，要不我们给于浩打个电话问问他意见？”

“重组嘛，就是个圈地的过程。如果你做了两个团队的老大，这种事情也要问他意见吗？”Tom的话说得再明白不过了。这是要苏丽诺从

对方团队里挑人呢，可苏丽诺更想知道没被选中的人的命运。但她没问出口，说实话，这种时候，能保住自己实属不易，能保住自己的团队完好更是难得。再能护着几个对手团队的人，就是太完美了。

“如果按照经验和工作努力程度看，客观讲都说得过去。但是论专业优势，这位，那位，还有这位都比较不错，其他的我持有保留态度。您可以多咨询一下于浩意见。”苏丽诺干练地总结了面前的名单。

“我完全能明白你的想法，只是，于浩病在这个时候，确实有点没有运气呀。”Tom的话是在暗示，于浩病在了公司要下狠心的时候了。想起于浩平时小人得志的样子，苏丽诺心里竟然也升起一种得意又不易察觉的阴暗来。

“下一步要怎么样，公司对两个团队有安排吗？”苏丽诺在期待任命，又不想说得太明确，于是说一半留一半。

“这个不好说，在人力资源部正式安排此事之前，我需要你和于浩中的一人，和每一个被重组掉的员工谈话。这次中国要裁掉两百人，我们大部门有二十个名额。要确保每一个人对赔偿满意，不会提起仲裁。这一拨是重要员工，等到下一刀就不会有一对一的谈判了。他们算是幸运的。”

“可是于浩现在这个样子，他适合静养吧？”

“所以，要辛苦你了。”

“可我想，于浩的病半个月也就恢复了。我们？”

“不用等他。就由你代为处理。稍后我会通知人力资源部，他们的负责同事会给你发一份《裁员谈判须知》，只照着做就行了。”

离开Tom办公室，苏丽诺觉得心口有阵凉风。竟然还有《裁员谈判须知》这样的文档，公司要裁掉员工的准备真是充分啊。

打开文档，“机密”两字作为水印，在文档的显眼处俟机卧着。那里面写了用怎么样的开场白和员工讲出被裁掉的消息。如何看对方的反应再做出选择，然后抛出后面的话。所谓人文关怀和企业的无奈都白纸黑字地写在里面。

苏丽诺扬手把最后一口咖啡喝了进去，感觉心情低落极了，她望向大办公室，看着朝夕相处的同事们，不知道该用何种语气和方式亲自做完这件事情。可这就是职场，犹如斗兽场，不是比谁斗得狠而是比谁活得长。游戏的规则早就注定了，无人能够改变。巨大的压力向她袭来，排山倒海。小薇在自己的工位上接了一个电话，嗲声嗲气地，听不清她说什么，但凭声音，就知道不是工作的事情。苏觉得自己这般纠结，是因为她已经积累到了这个位置，不再是个职场新人了。她要向上爬到更好的位置，所以理应承担这样的重担。

她轻点鼠标，刷新邮件。却刷出了廖杰的邮件：晚上六点，你公司楼下见，一起吃晚饭，有事谈。

苏丽诺犹豫了，她看着屏幕感觉又惊又喜，可很快她便从这种情绪里镇定了。手指掠过桌上的一盆仙人掌，坚硬的刺扎在皮肤表层，有种

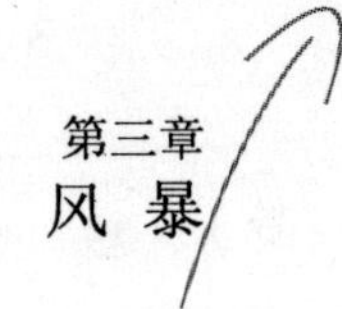

尖锐的疼，像是一种提醒。于是她关闭了那个邮件窗口，权当没看到那封邮件。思虑过多要算是一种投射，所谓的以己度人，此刻苏丽诺满脑子都是廖杰那一抱和万朵拉关上廖杰车门的一幕。

然而，廖杰的邮件还是极其富有内力的，犹如冬天里的一把火，把苏丽诺从悲伤歉疚的情绪里拉了出来。整个下午她都坐立不安，这样，裁员谈话的事情反而没有那么沉重了。临近六点，她佯装伸懒腰般立在窗口，楼下的车和人都小得无法辨认。真傻，她在心里骂自己。公司这种情况，已经没有人有心思加班了，也没有必要加班，没有那么多事情需要人来做。于是，六点一到，人们就纷纷结伴走了。

“苏？不走吗？”小薇还在收拾她的书包，一身粉色运动服很称她的脸色，苏丽诺想提醒她，在办公室这身着装十分不妥，但想到已经下班了，话到嘴边又咽回去了。

“马上就走，你怎么还没走？”苏丽诺随手关了笔记本，像是问她自己。

“哦，我等个朋友。晚上一起吃饭。”小薇笑眯眯地低头接着摆弄她包上的一个毛绒挂件。那不是一般的背包，是个意大利品牌，皮质很好，Logo不显眼，可苏丽诺还是看到了。此前出差，她曾多次留恋机场里那家店，都因为价格太高，想想就算了。

苏丽诺抓起大衣随意搭在手上，跟小薇道了再见，便出了公司，她搭乘直梯到了一层，大厅里没有廖杰，又远远地望向停车场，街灯闪亮，可分辨车子很难。苏丽诺并没有径直走出大厦，而是拐进了一层的咖啡店，什么喝的都没有点，只是找了一个不太明亮的角落坐着。她也不知道自己是想等到廖杰，还是要怎样。她刚坐下，就感觉背后有人拿报纸轻轻地敲她肩膀。

“嘿，吓了我一跳。你怎么在这儿啊？”苏丽诺回头看见那人不禁叫了一声。

“算准了你会来。”廖杰注视着她的眼睛，很小声地说，一脸严肃，然后沉默地笑了，笑容有那么一时半刻的定格，看上去很有吸引力。这让苏丽诺很不自在起来，竟然有点心跳加速。

“怎么算的？”苏丽诺歪头看他，目光回避他，落在窗外，心开始狂跳。这对话和表情不是和普通朋友该有的，不是吗？

“不能告诉你，走吧，先去吃东西。”廖杰先站起来，接过了苏丽诺的背包。这举动让苏丽诺心里一暖，觉得廖杰很贴心。这个动作从前沈波做过，也带给她同样的感受，只是此时，沈波带来的不悦已经成了她心里的一个参照物而已。看来摆脱一段恋情最好的方式不是忘记，而是去开始一段新的。只是这次有点错位了。苏丽诺一笑，没有多话，跟在他身后。走向停车场的路上，两人只是不自觉地对视了一下，便都默契地沉默地笑了。苏丽诺坐进车里，她坐在副驾驶的位置上，那车里有股很好闻的味道，是她熟悉的香水味，万朵拉的迪奥真我香水，那是万朵拉最常用的味道。她潜意识里涌起一阵内疚，自己在做什么啊，背着

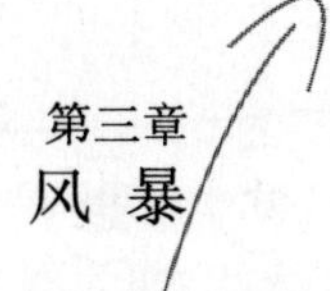

朵拉，和她男朋友悄悄约会？可很快，一种战胜朵拉的快感便在她心里取胜了。车子启动，苏丽诺开始觉得无比开心，她想到了安阳婚礼结束时的自己。车在大厦门口掉头，光影重叠的片刻，苏丽诺隐约看到小薇站在大厦门口，旁边站的人，背影很熟悉。

廖杰带苏丽诺到了一家漫画为主题的韩式西餐店，小店安静极了。主色调是原木色和红色，温暖明亮。大厅里空无一人，一侧墙上有木质小门，每一道门都可以推开，那里面是一间间独立的会客厅。廖杰和苏丽诺选了一间，脱掉鞋子，对坐在沙发上。服务员送来廖杰预先点好的菜品，苏丽诺点了杯咖啡，被廖杰换成了玄米茶。

苏丽诺觉得廖杰安排得很浪漫，可这样的评价她很难说出口。只是在廖杰问起口味如何的时候，配合地笑了笑。

“你平时喝很多咖啡吗？”廖杰问。

“嗯，用来提神的。工作压力大会喝，心情不好的时候也会喝。好像对咖啡因成瘾的人，很难戒掉。”苏丽诺很坦诚，这样的气氛，让她想起婚礼那天在草坪上的聊天，尽管只是刚刚开始的谈话，可是她感觉时间跑得飞快。

“改喝茶吧，一样可以提神。日本从前癌症患病率很低，主要以海鲜素食为主，后来西方食肉文化传进日本，近些年癌症发病率越来越高。这说明不适应的体质接受新事物是要付出代价的。亚洲人本来也是不喝咖啡的，喝太多了，对身体不一定是好事。”廖杰这套理论苏丽诺头次听说，可她很喜欢廖杰分析一件事情的方式和表情，认真又清晰，眼神很有说服力。

“嗯。”苏丽诺点头，答得简单，廖杰很会心地什么都没说。晚饭后，廖杰开始跟苏丽诺谈正经事，是生意上的事情。他把手机递给苏丽诺，画面是一份商业地产企划书。

“胶东城市综合体项目？”苏丽诺双眉略蹙，眼神里多了一丝疑虑，但她没有说出来。

“正在招标的一个项目，七家投了，三家进入了第二轮。你比我有经验，想请你帮我看看，我们的策划报告有没有问题，还有，能不能再提点意见。”

“东方地产很有口碑的，廖总手下兵强马壮，各个都是精兵，怎么看得上我的意见？”苏丽诺在犹豫怎么拒绝，她拎了拎茶包的细线，让茶包在水里游起泳来。廖杰就那么瞪着眼睛扁着嘴看着她。苏丽诺在心里嘀咕，这个项目她不太了解，是于浩负责的。可是据她所知，中标的三家公司里，除了自己所在公司是外资的，还有一家就是廖杰的东方地产，再有就是北京一家新成立的小咨询公司，好像是叫联合咨询。

“回头我把方案放到你邮箱里。真心需要你的意见。”廖杰直率地笑了，抬手掠过头发，动作很轻，但苏丽诺能察觉到他玩世不恭的态度后面有些尴尬。

“千万别，往来邮件公司有监控。这么做不合适，别意见没提成，

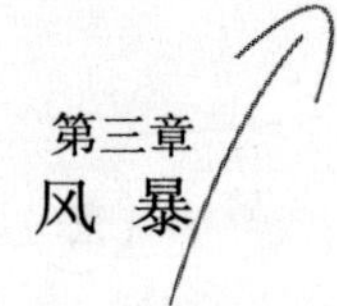

再把你自己的东西暴露了。再说，核心策划案决不能随便发，咱们两家公司在这个案子上是竞争对手。”

“你们公司的核心策划案是你出的？”

“不是，是另一个团队，我们接触不到。”苏丽诺说完，眼睛扫过茶杯，她说了谎。大家共用的数据库，两个团队中，只要拿到授权，都可以轻松调阅全部案例的核心策划案。

“看过无间道吗？”

“看过也不想那么做，大家彼此尊重彼此的职业操守吧。”

“什么乱七八糟的，我是想说你刚才一低头的样子很像那部电影里的陈慧琳。”

苏丽诺仰起脸和廖杰对视，她想说点什么，可是一时没找到应时应景的话来。头顶上一盏昏黄的灯，将小会客厅照得一团温暖，甚至有点燥热。廖杰轻咬了一下嘴唇，尴尬地笑了，那动作不易察觉，可是苏丽诺捕捉到了，不声不响。

廖杰在苏丽诺低头的瞬间看到了她内衣肩带是深紫色的，蕾丝边上有隐秘的银色丝线。这和苏丽诺想象的世界完全不在一个曲度。

那天晚上廖杰送苏丽诺回家，他问苏丽诺，有没有跳槽的打算，苏丽诺没给他正面的回答，但提起这个话题，难免忧心忡忡，她望向街灯下的世界，隔着玻璃窗看，那般诡异，暗藏玄机。此时在苏丽诺心里，拒绝廖杰的要求是无比正确的，于公于私。

于是也就不多想了，在家加班，准备裁员谈话，她站在穿衣镜前反复练习，但是几次都被自己的沮丧情绪打败了。从道义和情感上，她没办法面对那些眼神。可从她自己的职业道路上看，这是她不得不逾越的坎儿。

清晨，天阴沉着，好像随时可以下一场暴雨。苏丽诺出门时换上了一套纯黑色的西装，配上脚上的黑色高跟鞋，看上去干净洗练。很多时候，她觉得自己着正装时，很有安阳的冷峻和洒脱，这让她感觉很好。城铁嘈杂拥挤，每个人都冷漠地沉着脸，有人塞着耳机，有人仰头默然地看地铁电视，没有人给孕妇让座，也不见人给乞讨者零钱。窗外掠过大片在建的房屋，冰冷地矗立在雾霾天里，钢筋裸露，水泥毫无掩饰。车飞快地闪过，那景象一霎间宛如好莱坞大片里的废墟城市。可不久，那里即将完工，会有人砸上三辈子的存款去贷款买它，然后娶妻生子，成为房奴。新毕业的孩子要是想在这里安家，压力可想而知啊。苏丽诺想到了小薇，这就是他们这一代不得不面对的现实。

Tom昨天跟苏丽诺开会后，就给苏丽诺发了邮件。只是约谈名单和他们会上确定的并不相同。苏丽诺觉得很不妥帖，于是去找Tom，Tom没有正面回答问题，他说这是公司的决定。约谈的邮件已经发出去了，苏丽诺这个下午要谈的四个人，都是元老级别的资深的咨询师。

能容下二十人的会议室，只坐着两个人，显得荒凉又空荡。Mike梁和苏丽诺对坐，他似乎有所预知，所以只是沉默。

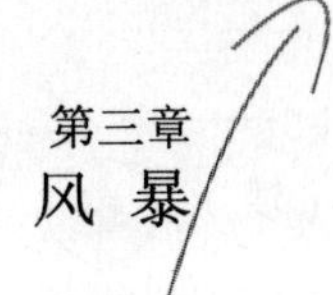

“我很抱歉地通知您这个消息，您在这拨裁员名单里。”

Mike无语，双手交叠着，靠在皮椅上，低着头。他没问那句苏觉得很难面对的话，比如为什么是我。如果是这样，苏丽诺会像手册里写的那样，补上一句：请别激动，您的情绪我理解。这不是您个人的问题，是重组的需要。可Mike没给她这个机会。Mike的沉默也是手册里预知的一种反应，因此苏接下来道：

“我明白，这变化来得突然，您心里一定很难接受。所以，有什么要求，公司也会尽量满足。现在的赔偿标准在这里，您看一下。一周之内，人力资源部的人会跟您再确认赔偿细节，有任何不满意的，您都可以先行提出来。但是，现在请在裁员确认书上签字。”说完，苏把一张写着简明公式的打印纸推到Mike面前。

Mike依然没有什么反馈，抬手就签了字。他在这里有七年的工作经验，是于浩团队里今年刚刚提拔的高级咨询师。他递回那张纸，看了一眼苏丽诺，目光里有些许不屑和抱怨，可什么也没说就走了。

在林世亮进来前，另两个同事也都顺利谈过了，反应和Mike差不多，但多少还有些互动。并且有一个家伙，还表现出了认同和配合。苏丽诺隐约感觉自己的工作开展得过于顺利了，有些不真实，可哪里出了问题，她不知道。

苏丽诺被要求在十五分钟内一定要谈完告知的内容，并且要求对方对一切赔偿条款保密，并对公司决定签字确认。因为手册里明确地写着，从心理学的角度看，人在最开始知道变化时，是恐惧的，因为不知道变化对人来说是好是坏，所以会退缩，会有不知所措和担心，在这个时候，很容易接受心理暗示，心理防线也比较容易打破，因此此时签字是最佳时刻，也是对其进行未来描述的最佳时刻。所谓的夜长梦多。

林世亮坐在苏丽诺的对面，拉着一张脸。苏丽诺明白，Mike他们回到座位，一定会有些许的沟通。但是她也知道，事关赔偿，每个人的不同，在没有真拿到钱之前，每个人都不会透露自己的裁员细则的，这就是冷冰冰的职场，这里不是家。

“很遗憾地通知您，您在这拨裁员名单上。”苏丽诺说得诚恳，十指交叉，放在桌面上，今天这几个人她最没办法面对的就是林世亮。当年她来公司，是林世亮面试的她，也是林世亮在最初的几个月里教给她基本技能。可以说，林世亮是她的职场导师。甚至，当时她选择走管理路线，也是林世亮向上面力荐了她。今天的约谈，两人的角色是多么残酷。然而，依照公司规定，在这场约谈前，苏丽诺不能透露半点消息给他，这让她在道义和情感上都觉得自己恶心。

“哎。”林世亮长叹了一口气，两眼无神地看向了窗外。苏丽诺此刻感觉有些东西堵住了她的喉咙。

“来吧，我签了吧。不能为难你。”苏丽诺的手还压着那张确认书，被林世亮轻轻一抽就抽走了。他拿着笔斟酌了半天，从目光的位移上看，苏丽诺能确认，林世亮并没有盯着赔偿的条款，只是在需要签字

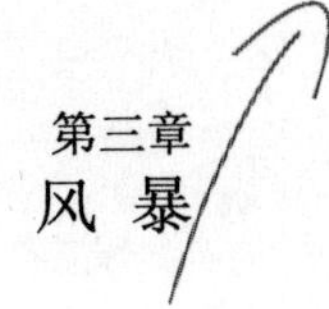

的地方，笔悬在半空，又放下。

“怎么是我？”林世亮终于问出了苏丽诺最不想回答的问题。

“公司的决定，重组的需要。也许第一拨走，得到的补偿会最好，为了避免劳动仲裁。您的资历深，应该……”苏丽诺想接着说，您的资历深，应该不难找工作，可她没说下去。这是敷衍的话，林世亮的年纪，已经不适合在职场上继续了。

“应该好找工作啊？”林世亮干笑了两声，“四十八啦，在这里做了二十四年，人生的二分之一都在这家公司。不过也能理解，新东家是要节约成本，养着资历深的，未必有大用处。”

苏丽诺哽咽了，这是她的导师啊。她想跟林世亮说，让咱回家就回家，拿上他一大笔赔偿，要是有一天我可以，我一定请您回来帮忙。可那是孩子才有的话，这里是公司，公司不是某个人的，无法依照她个人的意志为转移，除非公司是你苏丽诺的。苏丽诺沉默了。

“苏，你不该接这个活儿，你的性格不适合来谈这个事情。这是于浩该做的，这事招人恨。”林世亮的语气像是长辈在劝告孩子，苏丽诺无奈地点了点头。

“这确认信里，没有让我承诺不能发邮件，我想最后发个邮件给大家，行吗？”

“对不起，恐怕不行了，在我找您约谈的同时，IT部门的同事已经注销了您的邮箱。您的私人物品，也已经由保洁阿姨安排了箱子等着你回去收拾。快递会在半小时后统一来公司取件，帮您送回家里。”苏丽诺说到这里，眼泪唰地一下就下来了。这是多么冰冷的指令，她要讲给她的导师。会议室如太平间一般冰冷，苏丽诺觉得手心出了一层冷汗，浑身的汗毛也都战栗着，仿佛都在流出汗来，又将冰冷的寒气锁在身体里。

“哎，从被并购那天就有这样的预感，看来新公司和老公司，我都是多余的。还有，于浩那小子你要当心。”林世亮说着不断地点头，反复肯定这个无情的事实，之后留下签好字的确认书，转身走了。留下苏丽诺站在那里，身后雷声轰鸣，大雨下在眼前，在玻璃窗上呜咽成河，依然毫无章法，任意流淌。

苏丽诺将椅子转向，孤独地面朝窗外，坐在大会议室里。她没有勇气走出那间会议室，尽管这不是她的错，可她不想面对那些熟悉的面孔，此刻他们会有怎样的情绪和眼神，第一拨裁员血淋淋地发生在左右，办公室里一定乱作一团，这些猜测伴随雨声很快就把她淹没了。她在黑暗里不断地反思，入职这八年来，自己的成长之路。最初是争强好胜，想往上爬，要走上管理路线，可是真坐上这个位置，才发现自己离专业远了，每天各种繁杂的事情都跑出来了。要应对的不只是工作和项目，而是人，对上和对下，哪一方也不容得她马虎，就连实习生也不能怠慢。想到实习生，她想到了小薇。已经八点多了，最近很爱晚走的人，也该走了吧。

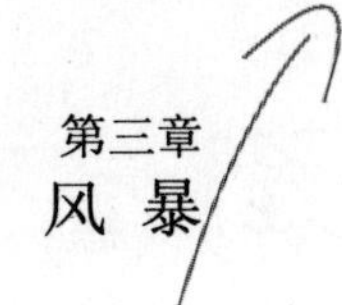

第三章
风 暴

苏丽诺收拾了东西，从会议室回到工位，小薇果然已经走了。自己谁都不想见到，也不想说话，这下如愿以偿了。小薇的桌上放了一只新花瓶，插着一把新鲜的玫瑰。实习生里像小薇一样的女孩不多，漂亮水灵，人也聪明。她恋爱了吗？那该祝福她，职场残酷，也许嫁人才是女孩最该梦想的事情。苏丽诺暗暗地想，从旁经过，她想到了那天婚礼上的安阳，光从她唯美的背后扫过，想到她说“我愿意”三个字时，那种幸福的表情。而自己的幸福在哪里呢？

进电梯，按了楼层一，苏丽诺默默地看着鲜红的数字，在向下的箭头旁边不断跳跃。从二十八层到一层。廖杰会不会出现？苏丽诺使劲地摇摇头，自己拒绝了帮助他，人家凭什么还来找你呢？可她的确盼着廖杰的出现，如果说此刻她需要一个人陪伴的话，城市之大，唯有廖杰。多么可笑又不可理喻的想法，只见过两次，便开始念念不忘，何况这心心念念惦着的还是闺密万朵拉的男朋友。苏丽诺有种失重的感觉，恶心、眩晕和身体发热。她感觉糟透了，都干了些什么啊！不知道为什么，那一刻她开始怀疑自己在这里每天加班拼命到底是为了什么。也许有天走得比林世亮还惨，也未可知。

她提着笔记本包来到大厅门前，怎么都拦不到车，大雨丝毫没有停止的意思，一味的瓢泼般汹涌着夜晚，雨水紧密而落，砸在柏油路上，在水坑里冒着泡。小时候在安阳家里，她们也是这样看雨。被雨阻隔的苏丽诺无奈地徘徊在一层大厅。她从包里翻找出手机，廖杰和舅妈的未接来电同时跃入眼帘。苏丽诺先是给舅妈回了电话，说晚上不去吃饭了，周末再去。然后匆匆忙忙地挂了电话，仿佛害怕片刻的占线又错过什么。

喜悦伴着犹豫，苏丽诺在大厅踱步，手机在她手里颠三倒四地摆弄着，考虑再三，她还是拨过去了。

“嘿，廖杰，不好意思，下午在开会，没有接到你电话。有事找我？”苏丽诺调整了情绪，从一个战败的斗鸡变成了条理清楚口齿清晰的小播音员，自己都觉得问得心虚。有事，他一定会再打来，何况已经很晚了。

“有事。我明天出差，去杭州，去三天。”电话那头廖杰的声音很急迫，像是在吼，隐约能听到音乐的声音和女人的笑声。

“哦。”苏丽诺想脱口而出的是你在哪，却在脱口的瞬间只说出了隐忍的一个字。偏偏语气出卖了她，那里面有失落和失望。廖杰不是傻子，他听得出来。可苏丽诺不想让廖杰误会自己很在意他，更不想让自己被动了。

“你在公司，还是在家？我去找你。”

“在公司。”

“别动，等我，五分钟到。我在离你三条街的醉爱酒吧。”苏丽诺还举着电话，好字说了一半，廖杰已经收线了。雨越下越凶，仿佛要把世界淹没了。苏丽诺似乎能完全了解廖杰为什么要来。

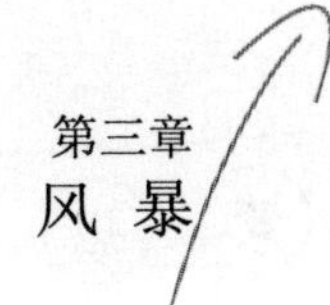

路面上跑的车不多，远远地，苏丽诺看见廖杰的车飞驰而来，并在禁止掉头的标志牌下面转了弯。苏丽诺跑出大厅，冲进大雨，瞬间被淋透了。廖杰忙推开车门，苏丽诺钻进去。车门关上的瞬间，窗外的雨声小了好多。雨水从苏丽诺的头上漫过脸庞，滴答着。廖杰的车里没有音乐，没有寒暄和问候，只有温暖、沉默和热切的目光。

“为什么过来？”

“我明天要出差，三天，杭州。”

“我是想问你为……”苏丽诺的话没有说完，就被廖杰突如其来的深情一吻封住了嘴唇。苏丽诺毫无准备，可也没有拒绝。那一刻她相信廖杰的感情是真实的，尽管在沈波的事情之后，她还是相信爱情的，尽管还有朵拉的存在，可苏丽诺依然贪恋在廖杰温柔的拥抱里。爱情是没有理智的吗？她不知道。

一个漫长深情的吻，足以把苏丽诺暂时带离现实世界，忘记白天的糟糕和痛苦。直到廖杰慢慢放开她。

“你喝酒了？”苏丽诺望着他，廖杰的手指滑过苏丽诺的脸庞，将黏在她脸上的头发轻轻拨开。

“一点点。”廖杰露出还一般的笑容，好像孩子得到了心爱的糖果。

“这样开车很危险。”

“有些事情冲昏了头脑，难免想要疯狂一下。”

“的确很疯狂。”苏丽诺茫然地转向车窗，失神地说。

“你脸色很难看，感觉像是发烧了。先送你回家吧。”廖杰把车驶离辅路，车子一路向苏丽诺家里飞奔，轮胎压过雨水溅起水花无数。雨刷在勤力地摇摆，前路模糊一片。他们彼此都没再多说一句话，雨让他们都感到极度疯狂。红灯的间隙，他们对望着，无声胜似千言万语。

苏丽诺的家有四十几平方米，是Loft里很小巧的那种。这房子是她当年晋升时奖励自己的，两万块一平方米，现在这个位置，已经翻了一倍还多。可苏丽诺没想过卖掉，对于不炒房不投资的人来说，房价再涨也是无用，居住是第一位的，这是刚性需求，毫无弹性，就跟人要吃盐，吃大米一样，价格变动了，可需求不变。房间里弥漫着浓郁的咖啡香，苏丽诺打开咖啡机，然后转身跑去楼上卧室换衣服，廖杰帮她在楼下的医药箱里找退热药。然后把药和温水拿在手里，看着苏丽诺烧得脸红扑扑地从楼上下来，她穿着一身淡粉色的家居服，头发依旧湿着，自然卷曲在肩头。

廖杰递上药，看着苏丽诺吃进去，然后帮她拿来毛毯，盖在身上。苏丽诺窝在沙发里毫无精神。发烧让她打着寒战，脸色煞白。

“我没事，吃过药很快会好，不用担心我。”

“刚才量是三十九度，等你体温稳定了我再走。”廖杰把一只手放在苏丽诺的太阳穴上，很轻柔地为她按摩，苏丽诺慢慢闭上了眼睛。

“不好吧，孤男寡女的。明天不是还要出差吗？”感性屈服了，可

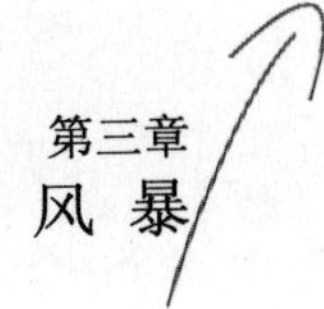

理性还醒着，它们时刻伺机反扑提醒着苏丽诺。

“放心，我比你有原则。刚才咖啡被我倒掉了。昨天刚答应过戒掉它，除非你敷衍我。”

苏丽诺无奈地笑了一下，精疲力竭。廖杰靠在沙发边上，坐在地毯上。回过手摸了摸她的额头，好像比之前还热了很多。苏丽诺执意不去医院，廖杰便要求留下陪她。人病了就会觉得有人陪伴很重要，尽管是那么不合适，苏丽诺也没有拒绝廖杰。毫无理由，只是感觉。此前沈波的存在和现在并不相同，沈波喜欢暧昧不清，而她总是被动地猜来猜去。就像猫咪追逐线团，理不清还不肯放手。似乎和沈波在一起时，她病了，沈波从未出现过，只有短信和电话。

苏丽诺不舒服，可她还是跟廖杰一五一十地讲了今天的遭遇，廖杰一言不发，摆弄手里的打火机，发出啪啪啪的声音。

“像不像刽子手？”

“你想多了，也许哪天就是你自己呢？”

“不排除这种可能，可那也是被炒掉的刽子手。你能想象吗？我把自己的导师裁掉了。”

“那不是你的决定，你没有那么大的权力。别把自己想得那么重要。被人当枪使而已，一颗螺丝钉。”

苏丽诺无语，侧躺在沙发上可怜兮兮地望着廖杰。

“林世亮走的时候，我觉得自己要不能呼吸了。太可怜了，人生二分之一的时间都在这里。也许在办公室的时间比在家里的时间都多。"

"你打算帮帮他？"

"我时常有这种打算，总觉得自己该强大一点，去帮帮那些需要帮助的人。可其实我也好不到哪里去，也不知道谁来帮我。"

"如果林世亮愿意，我这边倒是很欢迎他来。林世亮在业内的口碑很好，专业性很强。我觉得外企裁员从成本考虑的想法就是狗屁。新人的确便宜，但新人没有产出啊。"

"真的吗？你愿意聘请林世亮？我这就给他电话。"

"真的。不过等你好了再问他意见也不迟啊，已经很晚了。"

廖杰思虑周全，苏丽诺点头同意了。

"其实，你也不喜欢现在的位置吧。心不狠地位就不稳，职场和爱情是一样的。你喜欢尝试去驾驭你驾驭不了的事情，是吗？怎么不去做点你真正想做的事情啊？这个公司今天伤害了他们，也是在伤害你。看清真面目了，还要为他们卖命吗？你的人生梦想呢？哪去啦？我相信你有梦想的时候，根本就不知道这个狗屁公司的存在！可你看看你自己，你现在要为这个公司的冷酷无情，搭上自己的健康、脑力、时间和青春。你自己呢？哪去啦？你该为了你自己活着才对，不要被束缚。"廖杰有板有眼地跟苏丽诺分析当前的形势，苏丽诺在廖杰的手起手落中，感受到了一种被理解被看穿的痛快。安阳和朵拉是她最好的朋友，可是安阳从没真正了解过她的伪装和从容背后到底是什么。朵拉只顾着自己

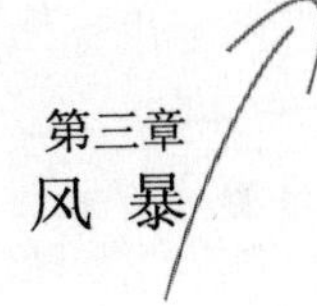

开心和挤对她的保守和毫无魅力。而廖杰，却一眼看穿了自己，一语中的。苏丽诺太在意别人的评价和关注了，哪怕是在安阳和朵拉面前也一样，她不卸下防备，所以备感压力，却无处释放。

“你爱朵拉吗？”苏丽诺脱口而出，这是她此刻最关心的问题。没等廖杰回答她，白加黑里的苯海拉明就开始发挥作用。它让苏丽诺在嘟嘟囔囔中睡着了。

廖杰望着苏丽诺，这女人没有哪里比身边的各种美女更具魅力，但她身上有种东西独一无二，是感觉，一种无法言喻、说不清楚的感觉。而也许他可以坐在这里，还有更多不为人知的秘密。

苏丽诺醒来的时候，雨已经停了。她看见廖杰盖着他自己的西装睡在沙发边的地毯上，心里涌起一片温热。廖杰是这套房子迎接的第一个男生。沈波没有来过，甚至连提出来要来的念头都没有过。晨光照在廖杰脸上身上，斑驳一片。

刚要起身，就觉得浑身酸痛，发烧带来的副作用在苏丽诺身上发作。她轻轻起身去倒水喝，感觉脚在拖鞋里毫无着力点，腾云驾雾。拉开纱帘，雨后的窗外格外美好。蓝天，白云，花园里银杏树的叶子，一夜黄了许多。她伸了伸懒腰，感觉头还是昏昏沉沉的。回头蹑手蹑脚地想去煮咖啡，站在咖啡机旁边，廖杰便站在她后面，轻柔地把她抱在怀里。苏丽诺把头倒在他身上，默不作声。她能深刻感觉到一种发自心底的幸福，不是昨晚淋雨的疯狂，也不是一眼动情的痴迷，只是很平淡的感觉，就像这晨光，照进心里。

廖杰为她做了早饭，煎蛋，牛奶，面包片，简简单单。对面坐着，苏丽诺看到廖杰的嘴边胡楂微青的颜色，他熬夜了，新陈代谢加快会让胡子长得很快。

“几点的飞机？还要回去换衣服吧？”

“吃完就要走。不换了。助理会带上资料和我的笔记本。放心。”廖杰抬手看了一眼手表，衬衫的袖口上有一处污渍。

“喏？”苏丽诺咬着面包，噘起嘴，坏笑着看他。

“酒吧记号。”廖杰得意地一字一顿，笑起来可爱极了。苏丽诺心里没有什么不舒服，这的确是她管不着的男人，这是万朵拉的男朋友。于是便云淡风轻地看向了窗外，留廖杰的目光停驻在她的侧脸上。

“你一般，都会很轻易放过一起共度良宵的女伴吗？”

“那要看对方的魅力有多吸引我。”

“呃，”苏丽诺问了个白痴的问题，如同挖了一个大坑把自己埋进去了，“明白了。”

“呵呵，你以为男人都是野兽，再演动物之美吗？我是有原则的，至少需要你是自愿的。”廖杰带着苏丽诺出了家门，电梯敞开的瞬间，他左眼很放电地闭了一下。苏丽诺难为情地笑笑，跟着进了电梯。

苏丽诺要去公司，廖杰便把她的药塞进她包里，开车送她，嘱咐她按时吃药，随身带着手机。并告诉她，如果林世亮愿意，待遇可比现在

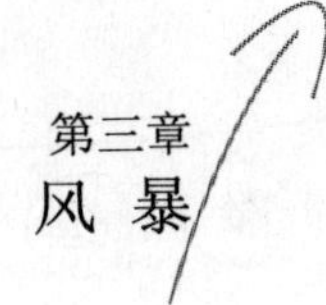

涨百分之十，位置还是他做了多年的独立咨询师。

看着廖杰的车疾驰而去，苏丽诺觉得一身轻松。仿佛这个男人的出现，真的把她拖出了苦海，什么冷冰冰的职场，乱糟糟的情史，一切阴暗都抵不过现在心里的阳光。她抬头挺胸地，踩着高跟鞋，自信满满地上了电梯。昨天廖杰说得对，自己该做点自己喜欢的事情，而不是眼睛只盯着工作和项目，还有让人烦躁的各种关系。也许商学院真的有好消息呢，她怀念那场面试，甚至那场暴雨。心里又默默开始留恋起廖杰来，转念又嘲笑自己，都是八字没有一撇的事情，患得患失。

办公室里一如往日般平静，实则暗藏杀机，谁知道呢？坐在第一排的Lily跟她打招呼："早啊，苏，今天看上去好漂亮啊。"

"早，谢谢。你也很美。"苏丽诺大方地回应，走到工位。这里她是头儿，她有着统揽全局的掌控感。走过小薇座位，她人不在，瓶子里换上了新鲜的百合，香水百合的味道充斥着办公区。苏丽诺无暇顾及太多，她今天的第一个任务是找到林世亮，按照昨天谈判的结果，除非特别的手续交接，林世亮是不会再来公司了。这是早有准备的，早在前两周，咨询师们便被要求填报自己的工时，把手头所有的策划案都报备在系统里，并由行政部以重新安排座位为名，回收了资料柜的钥匙。只是当时是全员参加的事情，大家并没在意。昨天被裁掉的四个人里，有两个人掌管纸质的资料库。看来公司的筹谋够缜密的。

放好包，打开电脑，苏丽诺像往常一样走到茶水间，手指掠过咖啡机就停住了。她笑了笑，转身取了一个立顿的茶包，泡上了。然后带上手机进了电梯。她要给林世亮打这个电话，但是不能在公司，苏丽诺太了解公司的监控系统了，天知道哪个环节出了问题，帮人不成，连她自己也要翻船。

苏丽诺坐在星巴克最隐蔽的角落，带着一点点兴奋和愉悦拨通了林世亮的号码。简要说明了来龙去脉，林世亮那边是片刻的沉默。

“谢谢你，还为我的事情分心。苏，师徒一场，你这么做，我特别感动。真的。”

“应该的。您觉得这个位置适合吗？”

“怎么说呢？是个很好的机会，特别是对我来说。”

“那我帮你跟廖杰那边把下面的安排敲定一下？”

“多谢，只是我很奇怪，你和北区的竞争对手一直没有关联，他怎么会成了你的朋友？而且，还在这么微妙的时候？”

“是在我好朋友婚礼上遇见的，算是巧合吧，说来话长了。”

“不过，廖总我很了解。我们从前在北区和他的东方地产多次交过手。为人挺正直，但是生意场上就不好说了。我有点担心这里头不那么简单，别连累了你。毕竟你和于浩的位置都不那么稳定了。”

“我负责南区，对他本人的风格还真的都不知道。从朋友角度讲，我还是信任他的。从工作机会来讲，对你来说，更是很难得。想想其实也算合理，公司不裁员，我们也还是没有新的选择。其实我现在挺羡慕

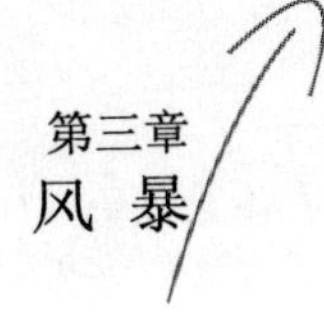

您的，至少自由了。”

“没错。可有一点，如果我接受了，胶东城市综合体的项目，就变的微妙透了。那个项目的核心策划案是我出的。你知道吗？”

林世亮一语点醒了苏丽诺，胶东城市综合体的项目？不就是廖杰找她帮忙的项目吗？她感觉事态的确有些复杂，但是说出来的话又不好收回。是啊，廖杰的出现和这个工作合约来的太是时候了。

“苏，公司这么对我，也是说明我在这个项目上对他们无用了。既然这样，我就自由了。你该也留意到了，让我们签署保密协议里，少了最敏感的一条，就是没有要求我们半年内不得去竞争对手公司工作。既然这样，该怎么选择，就可以怎么选择。我愿意接受廖总的邀请。谢谢你，苏。”姜是老的辣，苏丽诺回想起昨天林世亮签字的瞬间，他竟然能在那般纠结又愤怒不平的时刻，注意到这样的条款缺失了，二十几年的咨询师不是凭空来的，她为公司失去林世亮惋惜，也为廖杰即将如虎添翼而高兴。

和林世亮挂断电话，苏丽诺百感交集。如果林世亮加入了廖杰的公司，这么强有力的支持，廖杰势在必得了，那么也意味着于浩失去了一个重量级的项目。

可是，苏丽诺没有急着跟廖杰讲林世亮的意见，而是坐着电梯回到办公室。

她坐在电脑前，首先进入了公司的数据库，调取了东方地产和公司竞争的全部项目，五个项目，除了正在投标中的胶东城市综合体以外，其他两败两胜，是个平手。也就是说，廖杰的团队并不差，林世亮的加入是锦上添花，但也并不是决胜之招。这减轻了苏丽诺原则里的背叛感。她的原则都是有点古怪的。

之后，她查看了这个项目的核心策划案，林世亮是牵头的咨询师，多年的经验让他的策划报告无懈可击。至少从表面上看找不出问题，除非有什么隐秘的硬伤，只有总策划才了解。如果真的有，那么于浩失手是在所难免的。也就是说，于浩将承担这个项目损失的责任。

这个上午时间飞快，不知不觉已是午餐的时间，安阳打电话来说晚上一起吃饭，苏丽诺想起会遇到万朵拉，害怕尴尬，于是就支支吾吾地推掉了。之后苏丽诺一头扎进一个邮件里，她在一个新项目谈判上有了点斩获，忙着写邮件得到上面的批准。廖杰的电话在午餐时间把苏丽诺从专注中拖了出来。

“刚出机场，这边天气不好，也是雾霾。刚下飞机，第一时间打给你。”廖杰一开口还能听到背后飞机起落的轰鸣声。

“告诉你一个好消息。他同意了。”苏丽诺半遮着手机话筒，声音很小。办公室里空旷得很，所有人都去吃午饭了。

“太好了，我会安排人跟他联系。放心，林世亮我们请都请不来，一定不会亏待他。倒是你，退烧了没？午餐好好吃，然后把药吃了。”廖杰的话说进了苏丽诺心里，她眼睛不自觉地扫向小薇桌上的百合，感

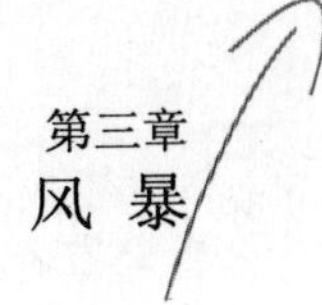

觉幸福满溢。

廖杰出差的三天里，他们之间的短信和电话从没停止过。廖杰向苏丽诺汇报的都是杭州项目的细枝末节，苏丽诺也都提出了关键性的意见。谈公事比谈感情更让苏丽诺觉得安心。他们之间的感情也在小别的这三天里悄然发生着变化，逐渐升温。

发生变化的不只是他们之间，公司里也是风波不断。首先是Tom手下的几个部门开始了正式的重组，毫无预兆地召集大家开会，然后原来的组长纷纷成了庶民，于是很多人纷纷提出了辞职。辞职是拿不到赔偿的，可偏偏有人耐不住承受暂时的失利，觉得颜面扫地。很多经理被平行调动到其他的部门，新手下，新上司，多数人不堪其扰，纠结着走还是不走。表面看，闹腾了三天，似乎这场风暴暂时平静了。

实习生的合约也开始纷纷解除，毫无信用可言，说是从前公司签的合同，无法沿用到新公司，实习生势单力薄，纷纷投降，回学校去了。小薇被人力资源部找了谈话，她被意外地留下来。可留下小薇的决定，竟没有通过苏丽诺，这让苏丽诺很不舒服。小薇跟公司签了劳动合同，并且是先于所有人，签了新公司的合约。这让很多人感觉费解，苏丽诺隐约感觉这和那晚大厦前看到的男人脱不了干系。再想想那些花，小小年纪，好的没学怎样，这一套手段倒是门儿清。这让办公室的气氛有点紧张，几个咨询师表面上不说什么，但是公司里任何不公平的出现都会引起波动。最明显的就是下午茶时间，Lily跑来跟苏丽诺说，休息室里正在辩论呢，小薇和另一个组的咨询师讨论起来了，还很激烈呢。

“谈论的什么？”苏丽诺眼睛不离开电脑屏幕，有一搭没一搭地说。

“谈论外企文化里的结果导向，是不是就等于不择手段。对方话里有话啊。”Lily讲话时阴阳怪气，听得出来她也有三分察觉。苏丽诺没有接她的话茬，她向来不喜欢这种对话。

于浩提前结束了病假回到公司，术后一周看不出变化，人不但没憔悴，还白胖了一些。他这几天忙得焦头烂额，听说林世亮被裁掉后他特别愤怒。他几次发邮件要找苏丽诺谈谈，都被苏丽诺以繁忙为由挡回去了。但是该来的总是要来。于浩在下班时单枪匹马地杀到她办公桌前，质问她。

“怎么能不经过我同意，就动我的人呢？我需要你解释一下！”于浩咬着槽牙，凶相毕露。

“只是公司的安排，你该找Tom去。”苏丽诺表面上不急不躁，慢条斯理，内心里却觉得愤怒和委屈。

“你以为我没找过他？名单不是这样的，你自己看看！”于浩甩手放在苏丽诺桌上一张打印的邮件。苏丽诺发现那张纸上竟有自己当时和Tom开会时画上的笔迹。心凉了半截，是Tom，是Tom调换了人名单。她也曾提出过质疑，但是现在她百口莫辩。

“你该清楚，我只是帮你去跟他们谈了而已，谈判的名单是人力资源部发给我的。会议邀请也是人力资源部发出来的。这是公司的决定，你以为这公司是我苏丽诺的吗？我若是搞错了裁员对象，还可能今天坐在这里吗？”

于浩十分没有风度地隔空点了点苏丽诺，意思是你真行，或者是真有你的。苏丽诺感觉气氛到了冰点，仿佛周围一切都在结冰，于浩转身走了，苏丽诺大口吐着粗气，她觉得无比气愤和委屈，她想冲出去找Tom质问他，什么情况？那张纸怎么跑到于浩手里了？更想去问问Tom，裁错了人难道？这简直是玩笑。不过苏丽诺很快就平静了，于浩最善于的就是凭空生事，没事演一出戏，打个莫须有的小报告。她感觉这里面一定有问题。她沉沉地坐回椅子，整个人都摔在里面，心跳不止，身边像有千万只手在她眼前晃，让她分不清真伪。

廖杰的短信又一次救了她，在回程登机前他给苏丽诺发短信说：晚上一起吃饭，等我。苏丽诺此时对着手机傻笑了一笑，感觉从刚刚于浩的羞辱中平复了些。她不屑于跟于浩争辩，多说多错，天知道背后是什么！

廖杰的车就停在大厦的门口，苏丽诺跑出电梯，便看见倚靠在车门旁边的廖杰，看得出来他很疲惫，眼神有些倦怠，头发不似第一次见时那般清爽，可笑容依旧迷人。见苏丽诺走过来，廖杰打起精神来。两人站在车前对望着，没有多余的话，只是立在那里。苏丽诺在那一瞬间忽略了这个世界，天空吹起的风，路上经过的人，统统不在她眼中，只有廖杰，在她不远处与她深情对望。

两人一起吃了晚餐后，廖杰送苏丽诺回家，在她家楼下，廖杰的手机响了，来电的名字苏丽诺看得很清楚，是朵拉，朵拉的名字在廖杰的手机上是全名：万朵拉。这让苏丽诺很有兴趣知道自己在他的手机上是什么名字，可她没说出来。此情此景让苏丽诺感觉窒息，手机铃声在她和廖杰之间不停地响着。

“接吧，没关系。”苏丽诺本该下车的，可她解开了安全带，却一动不动。

“对不起，我不想当着你的面接她电话。”廖杰把话说得十分清楚，这让苏丽诺感觉到一种被保护，同时也觉得自己太过分，有些无地自容。于是道了晚安，就匆忙下了车。

回到家的苏丽诺从房间的窗口向下看，廖杰的车子已经不在了。他去了哪里？去找朵拉了吗？想到这里，苏丽诺觉得胸口有什么东西堵住了，不能呼吸。她看向咖啡机，有种说不出来的难受，于是抬手为自己煮了一杯咖啡。味道重新弥漫在房间里，苏丽诺感觉有种胜利感，她又做回了她自己。廖杰不是她的，她心里很清楚，何必为了不相干的人去改变自己呢？

想到这里，她给安阳打了电话。安阳在电话那头很挫败，这是少有的情况。蜜月回来之后，老王家的局面就开始发生变化，就连她自己的爸妈也加入了这场唠叨。主题只有一个：什么时候要孩子。

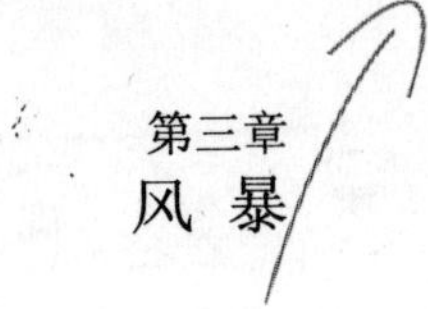

“我觉得要孩子是我自己的事情。可是婆婆说，这是全家的事情。因为我要上班，孩子要老人来带，那么就有必要在他们身体好的时候要。我说，您和我妈现在身体都很好，不要着急。你猜她说什么？我们身体好，可是你拖不起了啊，转眼就三十了，再拖下去就是大龄产妇了。早晚都要要的，早早生了吧。”安阳在电话那头少有地唠叨，苏丽诺觉得心烦，但这是闺密的责任，在她烦的时候，倾听也是一种陪伴。

“那你打算这么办？”

“不要。新时代女性，连要孩子也要听家里安排，那活得也太没尊严了。”安阳在一旁说着气话。

“打算结婚时就该有这个准备，家长都是这样的。别烦了，也是为了你好。老王什么意见？”

“他没有意见。我有点怀疑他们是一伙的。要是被我发现他也倒戈了，我就把钠扔他水杯里。”苏丽诺能想象到安阳狠呆呆又冷冰冰的样子。

苏丽诺想知道万朵拉打电话找廖杰时是不是和安阳在一起，在做什么，于是就很策略地说：“晚上和朵拉聚会了？”

“嗯，朵拉、我和老王在一起吃的烤鱼。缺你和廖杰。”安阳这么说，让苏丽诺心里咯噔一下，有点不知所措。她想问，那后来廖杰去了吗？可她没有理由和角度来这么问。

“哦，朵拉说，你帮廖杰公司挖了一个高人，是真的吗？”安阳此话一出，苏丽诺有种被玩笑的感觉，原来他们之间是消息相通的，自己不过是个被利用的多余的人。

“是，一个资深咨询师。搭个桥罢了，算不上挖，他们早就认识。好了，洗洗睡吧，明早还有会。”苏丽诺挂断安阳电话，便在通讯录里找出了廖杰的电话号码，按下了删除，然后仰脖一口气喝了手里的那杯凉咖啡，径直去洗澡了。

廖杰一连几天都打来电话，看着那串原本陌生的号码，苏丽诺已经能完全背下来了。这让她不堪其扰，想接不能接，心里有气，又心痒痒的。这种所谓的三分钟热度，在苏丽诺心里其实从没凉下来过。只是碍于万朵拉的存在，她在尽最大的努力让自己远离廖杰这个人。有人说，世上最容易的就是对一个人消失，可如果这人是你闺密的男朋友，要想消失，除非你连她也不要了。这情况在苏丽诺这里不能成立，其实万朵拉和苏丽诺在男人的问题上，已经不是第一次有冲突了，早在大学时，追求苏丽诺的男生便是每次都在见到万朵拉之后纷纷转舵，安阳说这是雄性动物激素分泌的结果，但是在苏丽诺心里，这是种无言的伤害。可是她从不怪万朵拉，人美性格爽快，这都是她这样的闷葫芦做不来的。男生不爱她这个型号的，她早就习惯了。这一次是她人生里，在男人的问题上，首次战胜万朵拉，可她不想这样做，她知道那是什么滋味。

奇怪的是，对大厦熟门熟路的廖杰，没再出现过，也没有此前甜蜜的短信。苏丽诺在心里暗暗嘲笑自己，果然是被利用了。被人卖了还帮

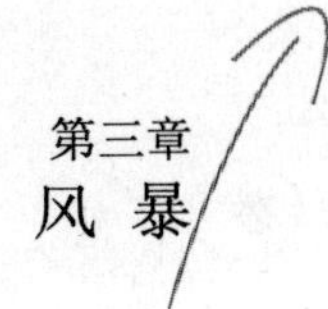

人数钱。她有心给林世亮打个电话，也终究是没有打。倒是林世亮给她发了短信，说是人在胶东出差，二次投标时见到了于浩，估计公司在胶东项目上失去了全部优势。

舅妈的院子里，铁线莲怒放，周末她约了苏丽诺去家里赏花。苏丽诺起了个大早，因为家里的水管坏了，找人来修，赶了晚集。

刚走进院子，就看见舅妈在花园里支起了绿色的遮阳大伞和白色小桌。舅妈穿着舒服的棉麻长裙正和一个穿警服的人聊天。桌上摆着热茶和几碟精致的自制曲奇。苏丽诺往里走，架子上攀爬着淡玫瑰红的大花朵，宛如花墙，吸引了她的全部注意，不小心脚下踢到了东西。

“呦，公主回来啦。当心我的德国大汉泥炭。哦，不行，那个也别踩，那是颗粒土。你和你舅舅一样，他可是刚踩了这两样被我轰进房间的。”舅妈笑声爽朗地招呼苏丽诺，苏丽诺抬左脚，绕路小心地又放下，踩着独木桥般地走了过来。

“快来，给你介绍一下。这是彭湃，市局里最年轻的一级警司。这是我的外甥女，苏丽诺，外企的高级咨询师。阿诺，你们年轻人有话题，帮我招待客人。我进去看看你舅舅是不是闹脾气呢。”舅妈媒婆上身般地闪了。

彭湃见到苏丽诺竟然脸红了，这让苏丽诺很是意外。她很大方地招待彭湃吃饼干，不过话题里倒是不那么友好。她对警察这个职业很陌生，或者有些不屑于多加亲近，碍于舅妈的面子，送走彭湃时只是两人互换了电话号码。苏丽诺埋怨舅妈安排相亲也不事先打招呼，舅妈不以为然道："多个接触男人的机会不是坏事，等你到我这个年龄想接触还没机会呢！再说，彭湃可是你舅舅相中的，我就是个跑腿的。"

舅舅夹起一个红烧鱼块放在苏丽诺碗里，笑着说："希望阿诺慎重考虑，他们局长很器重他。"

"无感，舅妈能理解我的，没有感觉宁可单着。"

"这是你妈给我们布置的政治任务，说是你三十岁之前解决不了，他们就亲自来北京监督你把这事办好。"

几周之后的中午，前台通知苏丽诺，一个超级美女正在等她。苏丽诺心里盘算十有八九是万朵拉，出来一看，果不出所料。她戴着墨镜，身穿黑色风衣，正靠在前台向市场部一个男职员请教问题，声音嗲极了。

"天哪，市场部的工作真是辛苦啊。"苏丽诺走过去的时候，万朵拉正在夸张地表演。苏丽诺把她拉出了公司，径直带到电梯。

"来也不打声招呼？工作时间啊小姐！"苏丽诺嗔怪道。

"先去的安阳那里，被她门口收发室的大爷一顿盘查，愣说我是范冰冰，你说可气不可气？结果聊了半小时才告诉我，安老师今天去什么地方政治学习去了。真无聊。"

"别装了，心里肯定乐开花了。"苏丽诺站在电梯里揶揄万朵拉，从电梯的镜子里看，她其实更像苏菲玛索，身材高挑，姿容美艳，苏丽

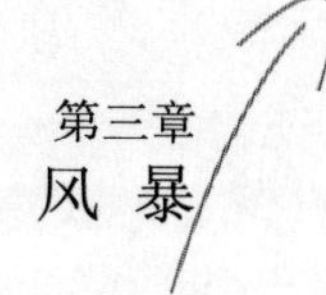

诺下意识地不敢看自己，觉得相形见绌。

万朵拉喊着不吃午饭，要减肥。苏丽诺拗不过她，便提出找个咖啡店。可是朵拉不同意，坚持要一起去美甲。苏丽诺只好跟着她去，万朵拉嘴上说时间紧张，这让苏丽诺在心里翻了一圈白眼，一点正事没有的家伙，哪来的时间紧张呢？

两人在写字楼里的高级美甲店坐好。美甲的技师拿来色盘让她们选。万朵拉选择纯黑色的甲油胶镶钻，苏丽诺只选了简单的养护服务，万朵拉不依不饶，一定要帮她选最后涂一层艳红色的指甲油。

两人躺卧在沙发上，手交给两位半跪的技师。

“阿诺，你觉得廖杰怎么样？”

苏丽诺被她的问题搞晕了，说完全不熟悉吗？万朵拉到底知道多少，她心里毫不知情。只能硬着头皮说：“接触不多，还好吧，你觉得好就行。怎么了？”

“我想我这次对他是真的。我很想结婚。”万朵拉侧头看着苏丽诺，眼光里有诚恳、简单、纯真和信任。苏丽诺也侧头看着她，不经意地咬了一下嘴唇，点了点头。

“嗯，那就好好相处吧，会有好结果的。”苏丽诺把眼睛闭上，仰在沙发上，她跟技师说，麻烦把艳红色改成肉粉色。

“干吗？做指甲就是为了改变一下啊，不疯狂来做指甲干吗？”

“那不像我的风格，还是做回我自己吧。不改变了，这和点菜一样，一改变准出错。”苏丽诺依然闭着眼睛，像睡着了一样。万朵拉也闭着眼睛，《左右为难》的钢琴曲飘在房间的每个角落，世界安静得仿佛什么也没有。这时苏丽诺的手机短信响起，轻轻按键，那串号码发来这样的短信：我在胶东出差，每天很忙，几夜没合眼了，为什么不接电话？发生任何事都要告诉我！提防于浩！

苏丽诺想到林世亮走时也说过这样的话，提防于浩！她有种什么都失去的感觉，此时，就算来千百个于浩她也不怕。此刻躺在沙发上的苏丽诺，感觉血液也是冰冷的，尽管身边躺着的是她最要好的朋友。她轻轻按下删除键，好像这样手机里就不再有秘密，干干净净了一般。

“安阳吗？”

“不是，垃圾短信。”

一个月之后的下午，人力资源部的经理菲利普斯请苏丽诺去大会议室坐坐。这让苏丽诺有了非常不好的感觉，一切都像裁员那次，突然又紧张。她做好了最坏的准备。

当她走进会议室时，发现气氛彻底地不对了，除了菲利普斯，还有两个人，于浩和法务经理。于浩要动手了吗？可他有什么把柄呢？

“苏，坐。请你来是想了解一下关于前员工林世亮的情况。”

苏丽诺心里一沉，她知道，公司不会无缘无故地调查被裁员工的，何况新的组织架构下，人力资源的人和法务的人对之前架构里的员工毫无了解。

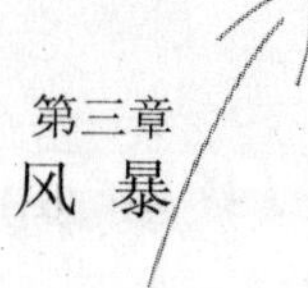

“了解哪些方面呢？于浩应该比我更了解才对。”

于浩眯着眼睛一言不发，表情严肃，面前的笔记本半敞开着，嘴朝前撅着，看着阴险邪恶。

“我们不会无端调查，事情还是有前因后果的，请于浩简单介绍一下。”菲利普斯礼貌地伸手，示意于浩讲话。

“此前，公司竞标的胶东城市综合体的项目在二次竞标时失利了，现在我们失去了北方区这半年最重要的项目。这和林世亮离开公司有绝对的关系。这么重要的人竟然在公司的裁员名单上。现在，我高度怀疑苏和前员工林世亮，也就是这个项目之前的总策划师的离职有关。我们的项目策划在新能源解决方案上有硬伤，但可以在注资达到一定标准时，想办法解决。在这次竞标会谈上，被两个竞争对手抓住把柄，一败涂地。并且，我接到举报，林世亮正在和我们的竞争对手东方房地产咨询公司合作。其他离开的咨询师，现在正在联合咨询供职，你谈完的前员工，全部去了竞争对手那里，成了我们项目发展的阻力，你对此事负有全部责任。”

苏丽诺觉得血往头上涌，但是还尽力保持着职场的风度和冷静：“首先纠正一下，林世亮不是离职，而是被公司重组裁掉的员工。其次，裁掉林世亮不是我个人决定，是公司决定。Tom也知情的，我建议把Tom一起叫来，当面澄清。菲利普斯？”

菲利普斯觉得苏丽诺的建议有道理，第一时间拨通了Tom的电话，

Tom来的时候，会议室正剑拔弩张，双方较着劲，不可开交。

菲利普斯简要地把情况又说了一遍，Tom的脸色全变了。他严肃地凝视着于浩，显然对于浩没把事情先行向他汇报感到不满。

“中国人做事的顺序总是反过来的，出了问题，就找责任人，究其责任，一查到底。殊不知，先解决问题才是正解。我建议，于浩小组里先自查一下，有什么方式能弥补损失。胶东城市综合体是个大项目，不是哪一家策划案能全盘吃定的，需要多方协调资源来完成。第二轮没中标，不意味着我们丧失了全部战场，也许后续的招商方案我们能胜出，或者物业规划可以拿到一杯羹，这些都是挽回损失的方式。然后要做的是总结经验，整合团队，开拓新的项目，进一步减少损失。至于责任，我看于浩该头脑冷静，做好该做的事情，而不是在这搞批斗大会！”

Tom一席话正中要害，把于浩说得脸通红，苏丽诺第一次领教了Tom的厉害，暗自佩服。Tom转身要离开时，于浩却不紧不慢地发话了。

“Tom请等一下，我收到有人举报的照片，我觉得你和苏都有必要解释一下。”一句话让在场的所有人都目瞪口呆。

于浩扫视了一圈，嘴角向上扬起，轻轻点了几下鼠标，把笔记本转向大家。画面是两张图片，一张是廖杰和苏丽诺对视着，地点是公司楼下大厅门前。另一张图片是Tom和几个人在餐厅里聊天。苏丽诺惊得目瞪口呆，那几个人里有Mike梁。她一时搞不懂状况，但是却大概有了答

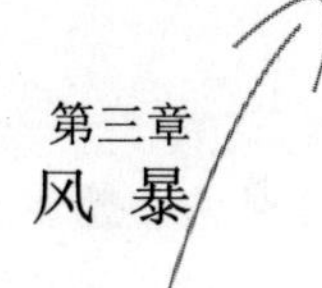

案。这就是Tom偷换名单的原因吗？到底为了什么？

“前一张照片里和苏在一起的男人是东方房地产咨询公司的总经理廖杰。时间在我们与东方地产咨询第二次竞标之前。两人的表情和肢体动作可以看出暧昧程度。林世亮是苏的导师，裁掉林世亮，让林世亮拿了一大笔赔偿金，然后再介绍给自己的情人。苏这一招太高了。”于浩疯狗一样咬着苏丽诺。

“你这是诽谤！你要为自己说的话负责。太无耻了，你竟然偷拍我！”苏丽诺已经没有了之前的镇定和从容。

“这说明不了任何问题，菲利普斯。”Tom此时的解围帮了苏丽诺大忙。

“不说明问题吗？我还有证据表明，苏曾在二次招标前，进入过数据库，查看了胶东城市综合体项目的核心策划案，你敢说没有？”

“有。当时你休病假不在公司，我代理你的位置，至少要了解你的项目吧？这是我做的例行功课，不用解释，也没必要解释。”苏丽诺已经激动地从座位上站起来了。她的辩解十分合理，这让不懂业务的菲利普斯和法务经理无法分辨他们谁真谁伪。

“于浩，简直是闹剧，到这里吧！我还没问责你丢了项目，怎么你反而跑来这里闹这么一出戏？扯出别人的私人生活，这简直太可笑了！”Tom怒斥于浩。

“闹剧？我来举报这件事，原因是，我没办法做下去了，这项目没法再运作了。你们全部勾结竞争对手，让我怎么进行下去？看看第二张图片，Tom，其他被裁掉的人，他们几个跳去了联合咨询，竟然也出现在了招标现场，都是熟悉我们方案的人，这游戏你让我怎么玩？关键是，我想知道为什么你也在？而不是和我们的人在一起，却是和联合咨询的人吃饭！”于浩福尔摩斯上身般分析得头头是道。

“首先，我出现在会场不需要跟你报告。我是你上司，请你端正态度。其次，我去现场是和客户方的高级经理搞好关系，见到原来的老同事老部下，喝茶聊天是很正常的事情。需要跟你解释这么多吗？倒是你该跟我解释一下，失去项目的原因！”Tom说起话来声如洪钟一般，于浩缩在他的笔记本旁边默不作声了。他的准备的确充分，但是他敌不过思维敏捷的苏丽诺，敌不过经验丰富的Tom。

菲利普斯连忙在其中调和，客套话说了一堆，大概就是都是为了公司着想，没有问责，只是把事情澄清之类的话罢了。看得出来菲利普斯此前和于浩达成了协议，否则不会被无端拉来开这种公堂的。可他现在明白了，事情远没有他想得那么简单。而苏丽诺也以为自己明白了，原来Tom调换了名单，是为了让自己的人能进入联合咨询，拿着高赔偿，又跳去自己的关系公司。所以，在裁员确认书上，那行缺失的话就太明显了。这是Tom做的局！

会议散了，几个人尴尬地离开了会议室。于浩在后面的几周里被晾在一旁，没有项目没有规划，什么都没有。而他也丝毫不在乎，人力资

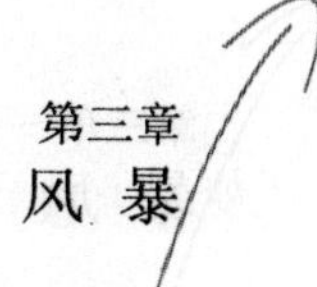

源的人终于在一个下午找他谈话了。没有不透风的墙，大概是重组需要之类的，他被裁掉了。大家心里都明白，他顶撞了Tom，而且偷拍事件本不是光荣的事情。传说于浩拿了一大笔赔偿走了。走得痛快又决绝。然而事情远没有苏丽诺想得简单，林世亮打电话告诉她，新成立的联合咨询公司里，大股东有两人，一个是于浩，另一个是Tom本人。这出戏他们唱得十足的好，有准备，有条理，有筹谋，这让苏丽诺心都凉透了。吃里爬外是小事，她感觉这个公司里值得信任的人太少。而自己也不过就是这架机器上的一颗螺丝钉，向上汇报吗？她已经对这个公司失望透了，好像这么做已毫无必要了。

于浩走了，桌子上空荡了很多。他留下了一缸热带鱼，保洁的刘姐每周帮忙换水侍弄，鱼儿不知道世上发生了什么，看上去依旧生机勃勃。有天苏丽诺来得早，经过于浩的座位，看见刘姐正在忙碌，便随口说了一句："早啊，刘姐，多亏您在，这鱼养得真好。"

"苏小姐早啊。我也是瞎琢磨着养呢。这是斗鱼，都死了几条了，不过我发现了个诀窍。"

"您还真能琢磨，什么诀窍？"苏丽诺一边走向自己的座位，一边笑着回头看着刘姐。办公室空荡荡的，已经过了上班的准点，却还没有人来。

"我在鱼缸边上放了面镜子。斗鱼喜欢向同类炫耀自己的美，它们在镜子里看见自己，就只顾着将镜中的自己误认为同类而打开鳍，让它们臭美总比内斗强。”刘姐絮絮叨叨地提着水桶向前一个工位挪，抹布胡乱掠过桌子和隔板。

苏丽诺以为于浩走了，日子会好过一点，然而一切才只是开始。Tom并没有如预想的一样连升几级，他稳当地坐在他的总监位置上，而苏丽诺自己也没有因为于浩的走，就此一统天下。项目开始少得可怜，公司开始对苏丽诺所在的团队施行末位淘汰制。偌大的办公区，空出几个缺来，便足够让每个人都极有危机感，早走好过晚走。一连俩月都有人走，苏丽诺明白，这是Tom和于浩在里应外合。一箭双雕，Tom好比金牌猪肉摊主，靠着公司的名声和客户关系，招揽客源。然后把抠门难谈，只买便宜的硬骨头的客户丢给苏丽诺的团队，把那些买肥肉富得流油的客户领进后厨，迎进于浩和Tom自己的公司。这种模式让廖杰的东方地产咨询也开始打败仗。苏丽诺看懂了游戏规则，觉得格外寒心。可寒心还能怎么样，不做了？跳槽？可跳槽可以解决问题吗？天下乌鸦一般黑，天下公司一个样。

下决心暂时告别螺丝钉生活的苏丽诺，在一个看似晴朗，实则冷风吊诡的午后迎来了她无比期盼的电话，来电的是那家商学院。苏丽诺看见号码，便激动地从工位上站起来，快步走进电梯，电梯里信号差极了，对方好像站在大风里一样。苏丽诺只好按捺着激动的心情，跟对方道，抱歉，信号不好。然后等电梯停稳，一步迈出去。

她来到一层大厅里，风从南北两扇转门中横贯而入，吹在单薄的米

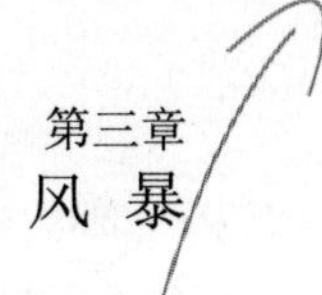

色七分袖毛衫上，手臂冰凉。苏丽诺心里的期待是滚烫的，让她脸上飞出两朵绯红。她举着手机立在大厅的角落，眼睛瞄着玻璃门外的世界，川流不息的陌生人各自躲着风走着，她有种预感，她就要获准离开这里，离开这些冷漠忙碌的陌生人，离开她熟悉的人们。于是吸足了一口气，慢慢吐出来，准备迎接新的生活。

“抱歉，信号不好。”她开口礼貌地道歉解释，有点颤音。右手举着手机，轻微地抖动，要靠左手帮忙托着手肘才能稳固。

“下午好。首先感谢您对我们学院的课程感兴趣，并且尝试申请和面试。但是经过面试初选的结果，很抱歉地通知您，您的面试申请没有被通过。”来电的不是南希，是另一个声音甜美、态度谦和的姑娘。

“为什么拒绝，上次面试不是好好的吗？”

“申请人的面试结果排名就是这样。很抱歉。您还可以留意我们其他的课程。”

“我能申请后一年的机会吗？”

“很抱歉，我们评估的结果认为，读明年的课程是您最后的机会。这次申请失败，恐怕后年的申请窗口我们不能开放给您。因为我们对工作年限是有限制的，我们要去计算对一个人才的投入和产出。超过七年工作经验的申请人我们都很慎重，害怕您的理念根深蒂固，我们的课程不能帮到您，还浪费了一个名额。”

“所以，贵校的MBA课程我再也申请不了了？”

“很抱歉，是这样的。您可以留意其他课程，比如EMBA。”

老外讲话有板有眼，清晰婉转却又冰冷极了。苏丽诺举着手机傻愣在那里，她脑子掉线了。在对方的再三哈喽之后，她才回过神来。然后对着手机用中文说道：“可那是我的梦想啊。打碎了，你说再多抱歉也没用啊。”一种绝望包裹着苏丽诺，她似乎听见身体里某处脆弱的部分，摔得粉碎。

对方听不懂她说的中文，于是好脾气地请她用英文重说一遍。苏丽诺这才调整到了正常的频率。互道了感谢，便匆匆挂掉了。

苏丽诺举着手机，冷风扫过她身边，让她打了一个寒战。她竟然无厘头地想到了一句歌词，岁月长，衣衫薄。

上行的电梯里，苏丽诺感到一种莫名的委屈，同时一种绝望也从她心底升起。三十岁就要来了，她的事业是个大坑，周围一群看不见的手。她的婚姻遥不可及，她的爱情雾里看花，现在就连她觉得最有希望的学业也向她关上了大门。

苏丽诺快步走回工位，打开邮件，写了一封极其简短的信。那邮件白晃晃的直刺人眼，苏丽诺娴熟地敲击键盘，似乎这封腹稿她早就烂熟于心。噼里啪啦之后，她轻点了发送键，感觉到从未有过的轻松。

那封邮件的收件人是Tom，抄送人力资源部。内容很简单，苏丽诺辞职了。Tom比预想的要决绝，他在收到邮件不到十分钟便发了邮件，深表同意和祝福，甚至都没有电话沟通。

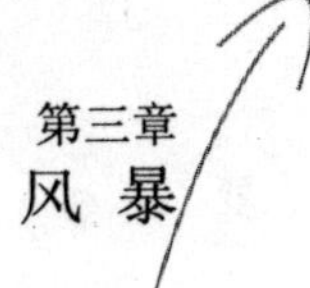

第三章
风 暴

这完全在苏丽诺的意料之中。从前几周她在银座中心迎面撞上Tom和小薇牵着手开始，她就知道会有这么一天。

那天安阳约了苏丽诺在银座逛街，苏丽诺跑了半个城来赴约。她想不到还有两个秘密的恋人也要跑半个城来避人耳目，Tom和小薇。

苏丽诺撞见他们时，他们刚从五层电影院出来，小薇拖着Tom的手，侧身正摆动着Tom一只胳膊，像是小女孩在撒娇，Tom的领带歪向一边，不在正中的位置。明眼人一看便知一二。

苏丽诺本能地想侧过脸装作没看到，但是上行电梯一如既往，节奏如一地带着她上了最后几个台阶，直到Tom和小薇迈上下行电梯，才结结实实地让目光撞个正着。Tom收紧了下巴，正了正领带，看不出半点尴尬，他直视着苏丽诺，面带微笑，点了个头。苏丽诺看不清小薇的表情，她的关注点都在Tom身上。

苏丽诺并没有完全地震惊，只是那个瞬间她明白了小薇是怎么脱颖而出留在公司的，Tom又是怎么知道她去商学院的，一定是自己和小薇聊天时无意提到的。职场处处杀机，哪怕是在最构不成威胁的实习生面前也一样，多说多错，这是真理。随之而来的不安瞬间席卷了苏丽诺，这么非常的时间，实在是不该撞见这个场面。

她跟安阳简单地提了两句刚刚看到的情景，就差掰开饽饽说馅了，安阳竟然没听懂。她举着一只贡茶饮料的杯子，嘬了一口，露出一脸云淡风轻。苏丽诺心烦，也不想为了旁人的事情去给安阳添堵，远处电影

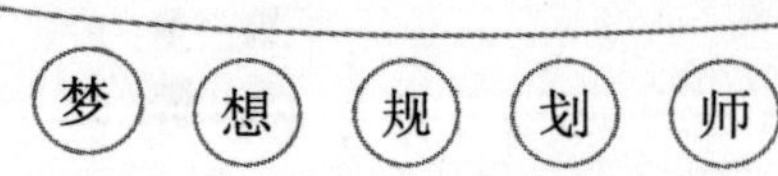

院门口排着漫长的队……

苏丽诺回过神来，眼前依然是Tom简单的邮件批复，她合上了笔记本，转了一圈椅子，有种莫名其妙的轻松。手边的资料柜里摆满了八年来的合同和谈判资料，现在唯一要操心的就是把钥匙交给谁，而不再是把任务交给谁，这感觉真好。她站起来，站在几排佯装忙碌的同事后面，购物的，看视频的，写报告的，无聊翻小说的。唯有小薇在不远的位置装订策划案的纸质档。这公司还有什么项目是需要保密的呢？真是搞笑，小薇此时可以轻松地查阅核心的资料，而这些机密将在一时半刻之后传到Tom那里，并成为竞争对手攻击公司的软肋。他们凭什么可以一手遮天，掌握着其他人的命运？想到这儿苏丽诺踩着高跟鞋径直走到了小薇面前。

工位间隔还算大，在绿植掩映下，没有人发现她们立在那里对视着。

“换个地方聊聊？”苏丽诺歪着头直视小薇。小薇没有说话，仰起下巴，示意苏丽诺去茶水间说话。

“不去会议室吗？”苏丽诺问，此时两人已经走到了咖啡机的前面。

“不用去会议室，晚上一起吃饭吧，在兰会所，我在那儿等你。”小薇笑着拍着苏丽诺的肩膀，言语成熟简练，一时间苏丽诺有种极度的挫败感，什么时候轮到她这样跟自己讲话了！愣神的工夫，只看到小薇

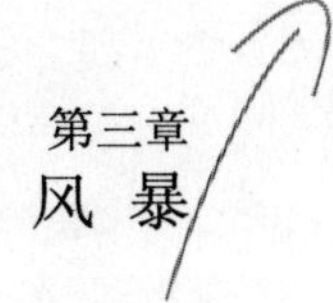

的背影，纤长的腿包裹在弹力很好的名牌筒裤里，腰身明显，青白色的衬衫把身体凸显了出来。她不再是个穿着运动服来上班的小薇了，那个面试时候喜欢讲话托着腮，双手捂着嘴笑的姑娘了。

小薇先行回到了办公室，留苏丽诺在茶水间发呆。手机的震动在口袋里又一次发作了，拿出手机，还是那串被苏丽诺刻在脑子里的数字，是廖杰。

苏丽诺坐在茶水间的高脚椅子上，头脑发热，按下了接通键。

“最近怎么样？”廖杰的声音从手机听筒而来，浑厚又清晰，带着能穿透人心的魔力，手机的热度贴在耳朵上，让苏丽诺恍惚想起那个下雨的夜晚和那个从后背而来的拥抱。

“老样子，你呢？”

“不好。怎么一直不给我打电话？”廖杰的声音有些低落，有穿透力一般，直达苏丽诺的心底。打电话？要怎么打？打了说什么？不过他这话问的，倒是让苏丽诺觉得，有一阵子没有万朵拉的消息了。想到这里，苏丽诺刚刚还痒痒的心，慢慢趋于平复了。

“最近很忙，你不是也在忙胶东城市综合体的项目吗？”苏丽诺故意生疏了很多，但是听上去不着痕迹。

“那个项目三家吃，为期两年。我基本上算是抽身了，林世亮会主要盯着那个项目。”

“不错。主力项目配上良将，如虎添翼。”苏丽诺说这话的语气有些酸。

“我刚回来，晚上一起吃饭？想去哪家？我去接你。”廖杰语气温柔，听上去那么值得依靠，苏丽诺觉得累了，如果此时廖杰就在身边，或是名正言顺一些，该有多好。她转身望向楼下，汽车小得像玩具一般，真不明白这世界每天忙忙碌碌是为了什么。失重感又一次袭来，让苏丽诺很想卸下防备，于是她轻描淡写地对着电话哦了一声。

“那六点，你公司楼下见？”

“呃，刚想起来，晚上约了同事。那么就晚一点，兰会所见吧。”苏丽诺回过神来，她本想推掉廖杰的邀约的，可话说出来便是这个样子。

六点钟下班时，苏丽诺站起来，伸展腰背。半个下午的时间，她整理出一个纸箱；还列了一个长长的检查单，包含了九个大项目，每一项又抻出四五个小项目。再加上最迟完成时间这一列，每一项查缺补漏地画钩打叉。要交接的事情和材料，统统打包好。任务完毕，苏丽诺感觉心情开始复杂。她在工作上没有拖延症，这样干脆利落，多线程是她多年工作的习惯，可这一次，这习惯让苏丽诺心里很不是滋味，像孩子丢失了心爱的玩具，无从找起，没有着落。

六双鞋子，鞋跟尺寸不一，苏丽诺将它们一一包裹好塞进纸袋。过去八年的春夏秋冬，它们伴着她的每时每刻，在每一处留下的模样都少不了它们，毕竟赤脚奔跑不是世俗风格。往日时光开始在她眼前电影般闪过，她甚至想起林世亮面试自己时候的样子，她便是穿着其中一双黑色小皮鞋，一身灰色西装，局促地坐在会议室里，青涩又稚嫩。可那时候，她很敢于讲话，敢于表达自己的真实想法。而回头看看，外企奋斗的八年，苏丽诺怎么也想不清楚自己是怎么一步步到了今天。这就是她的梦想吗？她竟然浑然不觉，她从没想过自己会如此潇洒地走掉，而前途此时一片漆黑。没有下家，没有商学院接受，离职日期一到，她便可在街上晃荡，没有报告要做，也没有老板和裁员的压力。她不是一直想要东方不亮西方亮吗？现在想来，都是一种逃避。自己的行为到底是什么动机？

收拾桌面时，一张名片夹在工位隔板，苏丽诺好奇地抽出来，竟然是吉塔斯男爵的那张名片，背面的字已经被钢笔墨水模糊过：别人看见我们的行为，但上帝看到我们的动机。

在工位的侧面，有一个苏丽诺一直不太想搬动的私密的小柜子，她走过去，轻轻拉开来。本来想着过几天再去收拾，刚提出辞职，现在收拾时间有点早，但如果不这样做，苏丽诺又怕时间来不及。这个选择让苏丽诺对此前一直坚信不疑的一条定律有了自己的注释。凡事如有纠结，必当放弃。而这话缺少一个条件，那就是，此事和当事人所处的状态。想来，该为这条定律加上一个条件，如果此事处于一个漫长过程的结尾，那么切莫犹豫，当机立断。再不想翻动也要翻动。还有个好处，今天收拾妥当，只剩离职当天来办手续，岂不是更好。苏丽诺打算把剩下的年假全部用掉。

忙中难免出错，自己升职前给Lily画了一张卡通铅笔画，被她夹在一摞参考数据里，顺手撕掉了，苏丽诺觉得很可惜。那是几年前的Lily的模样和自己的手艺，话说自己也有几年没有动过笔画过画了。小时候当个画家也曾出现在她的梦想单上，怎么过去这些年这梦想全部都忘记了呢？她望了一眼Lily，曾经的清汤挂面头变成了方便面卷。时间是把杀猪刀，总是在不经意中改变着一切。

苏丽诺在写着“机密”二字的文件夹里找到了前老板的护照复印件，那是刚刚变动汇报线时，新老板要来中国，办理手续的留存。苏丽诺把它们果断地送入碎纸机。如果他知道这个东西自己还留着，必定漂洋过海来追杀吧。苏丽诺暗暗地想。

老板换成了Tom，按理说应该更顺风顺水，而且于浩也已经离开了公司，为什么她还是感觉心寒了，甚至连等待赔偿的耐心都没有了？有些事情跟钱无关，无论有仇没仇。苏丽诺觉得自己的决定是有尊严和道理的。她在心里反复地自我安慰着。

苏丽诺的指尖，抚过那些自己曾经摆弄过、研究过、标注过的各类纸质文档，并麻利地将它们重新分类，装订，希望能为其他人提供方便。那其他人会是小薇吗？苏丽诺在脑子里不停地想。要是小薇，可真是可笑啊，一个实习生，竟然可以坐上自己熬了八年的位置，不是鸠占鹊巢是什么！想到这里，有种阴暗的想法从苏丽诺的心里升起。晚饭她

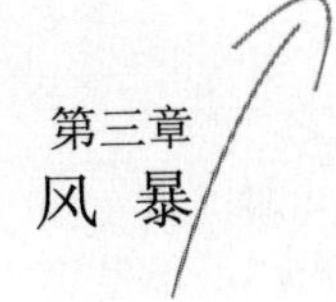

要说什么？是诉苦还是怎样？

轻轻地取下工位隔板上的磁铁，各种奖励悄然而落，苏丽诺试图把它们折起来，又觉得平铺收藏更好，于是拿出大信封一一收藏了。看着厚厚一个信封，苏丽诺有些五味杂陈，那些熬夜拼命，奋力赶方案，出报告，换回来的成就，出了这栋大厦就丝毫意义都没有了，那些奖励都是废纸一般。这难道就是奋斗的意义吗？

女人的办公桌上少不了小玩意儿，护手霜、保湿乳，各种瓶瓶罐罐，被她前后搜罗出七瓶。随之还有大小香水若干瓶，被她随手丢掉了。扔东西的感觉让苏丽诺觉得片刻的放松。

最后她搬出记录了八年的笔记本，大大小小竟然有八册，每一本都厚厚的，她想着取出内页去碎掉，可随后翻了几下，竟改了主意。苏丽诺觉得，那里有她生活的每一天，笔记就是她的生活。对一个没有稳定感情生活，只能跟事业谈恋爱的剩女来说，这些记忆丢掉了，怕以后会忘得遥不可及。这世上没人能丢掉走过的岁月，少了哪一秒都不是现在的这个自己，要带着走。

苏丽诺在工位上闷头忙活，办公室里却是异常安静。每个人都心知肚明，苏丽诺要离开公司了，她在忙活着收拾自己的东西。无论你在这里待了多久，走时一只箱子，一个快递都能到达你家。这就是大公司的便利，从小工位上就能看出一二，你不必太客气，只做好分内事就好，这里不是家。在一个动荡的时间点上，每天都要面对有人走的境遇。人心是惶惶的。

隔壁组的托尼和苏丽诺团队的Lily几次过来探头探脑地朝这边看。Lily更是趴在工位隔板上佯装讨论工作，举着咖啡杯子瞄着苏丽诺。她知道苏丽诺在收拾走的东西，可她更想八卦的是，是自己走的还是公司开掉的。这是千古不变的关注点。这就是人的心态，可苏丽诺能理解。只是有种苦涩从她心底散漫开来，这里就是架机器，每一颗螺丝钉，都有它的位置，不能产能过高，却可以短暂地偷懒，插科打诨，因为机体庞杂，一颗小钉子的稳定丝毫不影响大局。自己如果不冲动，便可以一直如螺丝钉般松散地混下去，何乐而不为。这么有骨气地辞职简直是疯了。想到这儿苏丽诺开始后悔自己那封辞职信了，她判断自己是在头脑短路的时候发出了一封让她现在后悔到发疯的邮件。

整理东西的过程，也是整理思绪的过程。想着廖杰晚上会出现，苏丽诺心里的阴霾少了很多，甚至是种轻松和期盼，仿佛廖杰的出现真的会带她逃离这里。

这过程里有碎掉的，撕掉的，保存下来的，打算送人的。当垃圾桶堆满的时候，柜子里，地毯上，桌面上，纸袋里已是层次分明。苏丽诺将一个土棕色的小石墨，一个大红的中国结，一个颜色分明的小花盆，一只方形玻璃水培器皿和些许种子装在盒子里，从座位走起，没出两个格子间，便送得干干净净。同事们围过来，几个资格老的咨询师，试探性地问了问，问题依然集中在走法和赔偿上。说到底，人们更关心切身

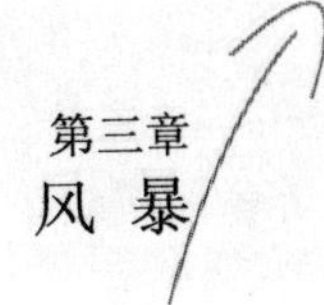

的利益，要打探消息，又要侧面比较。可也有真心祝福的。只是苏丽诺心里明白，真真是没有什么可祝福的，她的决定太匆忙，甚至有点莽撞。

下班时间，苏丽诺只提了自己的背包，余下的东西她打算最后一天来办手续时再拿走。想着跟小薇约了去吃晚餐，便朝她座位看了一眼，空空如也。她人不在，包也不在。苏丽诺起身走向电梯，周围是一群面带微笑的同事。一起拥挤在电梯里，人们不是相互对立，而是面朝着别人的后背，这也许就是公司制度下的同事关系。你很难去交上朋友，也不该去交上朋友。你看到的永远是些冰冷的后背，只隔着肩胛骨便是心脏，可是你探测不到丝毫温度。在西装的包裹下，躯体呆板，距离感十足。

兰会所在大厦的中庭，苏丽诺赶到时，酒廊上正上演一场舞蹈表演，爵士美女妖艳突围，从一片黑色礼帽中露出浓艳的眉眼。灯光从暗处走向柔和舒适，苏丽诺被侍者领进大厅的深处，巨幅的油画代表着不同时期的艺术特色，或简约或繁复，或悬挂或堆砌，整个大厅被浓浓的文艺气氛包围了。餐台的形状各不相同，银色的靠背沙发，把用餐的人包裹得恰到好处。

苏丽诺走向小薇预定好的座位，却被等在那里的人吓了一跳。那人在看菜单，绅士有加，见苏丽诺来了，没有站起来，只是伸出一只手，示意她坐下。侍者把沙发调整到了合适的角度，苏丽诺刚好坐进去和那人面对面。苏丽诺稳重地端详对面的人，她心里原该有种紧张，可是此刻丝毫没有，也许是因为关系变了。潜心听，除了轻柔的音乐声，隐约能听到一丝其他桌客人说话的声音。这里不是谈事情的好地方，Tom为何选了这儿？看来只是随便聊聊。

"你果然聪明，见到我没有半点惊讶。"Tom边说边召唤侍者，他随手点了两人的套餐，并没有征求苏丽诺的同意，之后，轻轻合上菜单，扬手还给了侍者。此时Tom脸上带着一种难以捉摸的表情。

"还是有些意外的。是小薇约了我。"苏丽诺一开腔，便感觉辞了职以后，再见到自己老板的感觉是这么的轻松加愉快，尽管辞职只是几小时前的事情。这是外企的好处，你不用忌惮太多，每个人都不是真正的大老板，不过螺丝钉一颗。

"你接下来怎么打算？"侍者端来一扎柠檬水，为苏丽诺和Tom添杯。Tom很自然地喝了一口，又把杯子放回桌面，随手从公文包里取出一张A4纸扣在桌上。

"先休息一下吧。没有特别的想法。"苏丽诺没有办法和Tom推心置腹，她还不了解Tom此刻的动机，何况此前一连串的事件，苏丽诺都不能把此时与他坐在这儿聊天看成是事实。看着他这动作，苏丽诺觉得好笑，又来？不是吧？上次也是这样挖坑让我跳，傻子才上第二次当。

"我知道现在外面市场的需求，好的咨询师价格都不错。今天你的辞职消息放出去，明天猎头就能把你的电话打爆。"Tom玩笑着，但是

目光很专注。苏丽诺有种预感，当一个人目光专注时，他下面的话百分之九十是深思熟虑的。苏丽诺调整了坐姿，收紧了下巴。

“你在公司是有野心的对吗？告诉我，哪个位置是你三十岁梦想的位置？”

“还没来得及想，三十岁就快到了。”苏丽诺自然又随性地微笑着。

“大公司很像一部机器，我们每个人都不过是上面的一颗螺丝钉。今天我来做总监，明天也许是你，是于浩。可你们都放弃了。我不知道是比我更聪明地放弃，还是怎样。很多时候坚持是个很难的事情。”

“没错。坚持很难。不过我想我和于浩不同。我只是想休息一下，而他在创业，还有像您这样的合作伙伴，他目标清晰。”苏丽诺讲话很有分寸，但是Tom对她的字句都了然于心，他跷起二郎腿，往日里飞扬跋扈的状态有些现身。

“既然你已经了解了，我就敞开天窗说亮话了，过来一起吧。我们很需要你。”Tom少有地真诚起来，他将那张纸又推向了苏丽诺。

苏丽诺没接茬，她喝了一口柠檬水，尽量给自己思考的时间。接起来就被动了，那上面无非是价格，对自己的年薪标价。并且不会少，Tom作为老板，他太了解自己的工资待遇了。也就是说，此时接过来看，再拒绝就一定有嫌钱少的嫌疑。不接过来吗？自己前途一片漆黑，她原本就在后悔莽撞辞职的挣扎中。新成立的小公司自由度高，没准还能混上带落地窗的独立办公室，有了那么一大笔钱，就真是让梦想加速了。干上几年就辞掉，也许还能去周游世界，去拍流动的风景，走得远远的，体会不一样的人生。可是半杯水下肚，她马上就清醒了，她的问题是她想逃避公司这种冰冷的制度，肮脏的交易，还有就是参与其中里应外合的这些人。于浩算一个，Tom也算一个！既然这样，何苦再为了钱，与他们为伍！

想到这儿，苏丽诺大方地笑了，说道："谢谢您，还愿意给我机会。但我真想好好休息休息。"

Tom对她的回答半点不意外，面部表情毫无变化，继续道："你有个小毛病，就是喜欢逃避，你发现了没有？比如，裁员压力来，你避免和于浩冲突，转去面试商学院。我给你任务，你为了避免和我正面交火，也硬着头皮做了。今天你辞职，想必也不是什么好事发生，顶不住压力，你又逃了。"

Tom看透她了，苏丽诺脸开始红，她一言不发，默默听着。这些她都没深刻想过，但至少从表象说，这是事实。她突然想起吉塔斯的话：别人看见我们的行为，但上帝看到我们的动机。不自觉地后背发凉，此刻，她很想给吉塔斯打个电话，哪怕随便聊聊也好。

"你没有基本的职场抗压能力，也不会布局，这都是职场大忌。专业能力不错，可你没有心机，这是我喜欢你的地方。我想，做一个团队的老板一定还是很让你纠结的。我觉得这源自你的梦想不够清晰，你

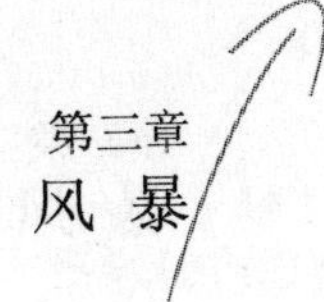

不知道自己想要什么。想掌握全局，又不敢担起重任。不逃避才是硬道理。你够聪明，该懂这些。”

“我同意您的判断，不逃避才是硬道理。可是，商学院的事情您怎么知道的？”这么问，苏丽诺觉得有失水准，但还是脱口而出了，她不想放任Tom如X光一样透视自己的神经。

“你想不到的人。公司的保安可以留意每个人的表情，甚至可以在关灯之后浏览每个角落的笔记。曾经有过某IT公司里，保安扳倒总经理的故事。你的事情啊，是保洁刘姐在你桌上发现了你记录商学院面试的行程单，讲给了于浩。于浩无意间发现我和小薇的关系，来跟我讨价还价，于是这个局就开始了。”

“他利用您，您还觉得他高明，还和他一起办公司？这说明什么？”苏丽诺觉得可笑至极，这个公司之大，的确连最不起眼的人和事你都不能松懈，这里不是公司，这是白色恐怖的上海滩啊。说到底是并购闹的，从前也没有觉得这般动荡。事情来了，人心就乱了。

“利用这词多难听啊。不是利用，只是互相帮忙。联合咨询公司是我办的，于浩作为带团队的人还是很合格的，他想玩要挟以求留在公司，可我想玩调兵遣将，调虎离山，要用上于浩就得跟他联手啊。”

“您不当导演可惜了。您推了一把于浩，让他在人力资源部的人面前丢尽颜面，然后再拉他一把。这戏份十足，我蒙在鼓里，被编排得步步失守。你们把公司掏空了，现在还来拉拢我？”

"别一脸正义感！咱们现在谈的是合作，不是吗？"

"我？和您？和于浩合作？"

"没错。你来，我更信任你。你不是一直恨于浩跟你明争暗斗吗？恨他要手段玩偷拍？现在有机会了，你过来联合咨询帮我，我让于浩走人。位置升成总监，大胆放手做事情，人头你都熟悉，这种机会去哪里找？"

苏丽诺尽量压抑着一股无名火，他当自己是上帝吗？随意就搬弄这些螺丝钉？侍者端上四碟菜品，小巧精致。苏丽诺已经无心尝半口，她觉得世道险恶，人情凉薄。于是轻轻转了两下水杯，又放下。

"不好意思，我想先走一步。"苏丽诺起身，还保持着礼貌。

"如果你还想在这个圈子混，奉劝你一句，大公司还是别想了。你的正义都是假正义，不是吗？"

"不举报你们就是假正义了？"

"你骨子里就是这样的，虚伪，你怕事！我可以告诉你，其他部门的裁员办法，是员工早上高高兴兴来上班的，然后被召集到会议室，通知与会的都是被裁的，留十分钟回去收拾桌面东西，管你什么级别，快递都会按地址把箱子送到家，毫无情面可讲。这样的时候也该伸张正义，你哪去了？你知道你裁掉Mike梁，他为什么一声不吭吗？因为他老婆就在这个公司上班，按照公司规定，同一个办公区域不能有婚姻关系，所以他们隐婚了七年。这就是大公司的制度和冰冷。你看不惯是

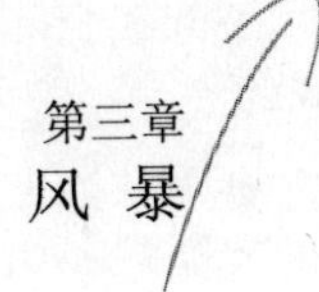

吗？可你也无可奈何吧？所以别来讲什么正义，要么闭上眼睛保住饭碗，要么揭竿而起做自己想做的事情。跟着我，绝对是你的机会！”

“您觉得您算揭竿而起的？拿着公司的薪水算计公司，这样的事情我做不来。”苏丽诺被Tom的话打到了，她承认她胆小虚伪的正义感，也在心里隐隐地觉得从职场角度讲，Tom的机会是那么诱人，但她觉得她是有原则的。

“呵呵，知道你会这么说，所以下午我很痛快地批复了你的辞职报告。也许位置变了，你会有点变化。现在你不是公司的一员了，可以考虑我的建议吗？”Tom一副胜券在握的样子。这圈子小得可怜，Tom算准了苏丽诺还会走上某个公司咨询师的位置，早晚要相遇。

“谢谢您抬举我。那就后会有期吧。”苏丽诺抓起包打算向外走。

Tom在她背后冰冷地说了句：“也许你心里在盘算廖杰的公司，我劝你避嫌。他女友条件不错，我们在胶东遇上过。很像苏菲玛索。”

“我有我的分寸，谢谢您提醒。”Tom的话像喜马拉雅的山风，带着冰碴，让苏丽诺心凉了半截，信息量太大，她需要消化一下，她需要安阳在身边摇晃她，告诉她都不是事儿，过去了都过去了。

想着想着，苏丽诺已经走出了大厅，远远地她看到小薇孤独地在酒廊的高脚椅上坐着，手里举着一杯彩虹酒，明艳照人，但那表情看上去让人心疼。她和Tom年龄上差了一轮还多，刚刚Tom讲的话，足可见此人心理阴暗之深，真搞不懂，小薇要什么。

“谈完了？”小薇透过酒杯笑着看苏丽诺，她有一个酒窝，笑起来很可爱。苏丽诺觉得此时的小薇更像个学坏的孩子。她沉默地点了点头。

“你是不是特瞧不起我？”小薇把眼睛瞪着很无辜，酒廊的灯光打在她脸上，是一张昏黄毫无血色的玩偶脸。

“没有，每个人的选择不同吧，你不后悔就好。”苏丽诺其实想跟小薇说些什么，可一瞬间成了套话。如果此时坐在对面的是万朵拉，会怎么样？苏丽诺会去狠狠骂醒她。想到这儿，她觉得自己很想念朵拉和安阳。也许这个时刻，她们才是无条件接纳自己的人。

“我没你想得那么龌龊，为了留在公司而巴结他。我只是觉得我爱他。”

“你爱他？他有老婆你知道吗？他们热恋时可能你才学会说话，他们事业爬坡时你在读初中吧？现在，她容颜衰败，你却正值华年，就因为你爱他，就可以把他从另一个女人手里抢走吗？”

“真爱不用抢。是她的我抢也抢不走，不是吗？”小薇仰脖把杯中酒干了，看得出来她心情也好不到哪去。

苏丽诺道了一声好自为之，便走向了餐厅门口。她想起了安阳婚礼上，万朵拉说的那句话：这是什么世道？小三抢嫁出去的老公，现在又来抢没嫁出去的手捧花，还让不让好人结婚啦？

然后苦笑着步入电梯，是啊，她自己又是什么角色？楼下等待她

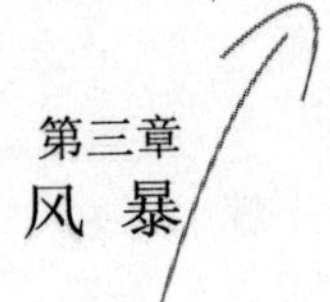

的，是她闺密的男朋友，廖杰。刚刚Tom说，在胶东遇见了廖杰和他女友在一起，长得像苏菲玛索，那就是万朵拉，一定没有错。

苏丽诺心情复杂，刚走出电梯，便看到廖杰了，他站在大堂外面，依旧如几个月前一般，靠在车旁边，一件黑色的薄毛呢大衣，领口露出衬衫的浅蓝色，干练利落。他手里举着一大捧娇艳无敌的粉色玫瑰，看起来整个人都是约会的甜蜜状态。女人没有不爱花的，苏丽诺被这阵势打败了，她快步走过去，心潮澎湃起来。两人的距离近到可以说悄悄话了，可依然是四目相对，廖杰把花递到她手里，微笑迷人，露出一排洁白的牙齿。

“这么久没联系，将功补过。让花谢罪了，对不起。”廖杰的语气温柔极了，话音落在苏丽诺的鼻子尖上，有股温热升起。苏丽诺耸了一下肩，深深地闻着花香，醉人又芳香。廖杰双手拍了拍苏丽诺的上臂，苏丽诺像小女孩一样笑得很甜。此时气氛自然又暧昧，他们之间似乎不用讲太多，便可以神交。重要的是，彼此带来的感觉。苏丽诺在心里暗暗地想，可以不管万朵拉的感受吗？就这样和廖杰开始新的生活，可以吗？如果现在廖杰先提出来，她也不想拒绝。

两人坐进车里，气氛开始升温。苏丽诺努力想让自己回忆起曾经答应过万朵拉的话，可此时廖杰就在她身旁，她没有办法保持一百二十分的理智。她想起刚刚小薇说的话，是她的我抢也抢不来，不是吗？苏丽诺不自觉地使劲晃了晃头，想甩掉这话。

“朵拉还好吗？听说她去了胶东的项目部。”苏丽诺还在尝试让话题围着万朵拉，好让自己有机会保持清醒。她原本想说的是，怎么一直不和我联系，不来找我？可她把话咽回去了。

“很好吧，有段时间没联系，听说她最近很忙。”廖杰目视前方，有一搭没一搭地回答。

“她忙？她能忙什么？没听安阳提起过。不过这家伙倒是有一阵子没冒泡了。”

“不太清楚，我们在胶东分手了，一直没联系。后来，我得了急性肺炎，在那边住了一段时间院，刚回北京，回来第一时间来找你。”廖杰语气轻松极了。

“为什么分手？”分手的消息让苏丽诺很惊讶，有惊喜的成分在，她眼睛里的笑意出卖了她。廖杰那么聪明，一定也捕捉到了。

“原因很简单，彼此觉得不合适。朵拉很潇洒的。”

“怎么会？她来找过我，说觉得你是她想结婚的对象啊。”

“你又不是不了解她，她的想法很奇怪，变化也很快，我们分手得很平和。”

“这样啊。”苏丽诺奇怪，分手的事情，她不该不知道啊，她们三个没有秘密，除非万朵拉也没跟安阳提起过。她想问问廖杰，现在怎么打算，但问出来就太没有节操了，她忍住没问。

廖杰开动车子，方向是苏丽诺的家，这让她开心中带着一种羞怯地

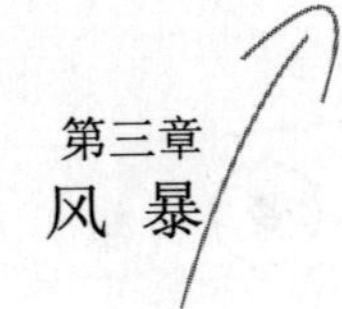

紧张，眼睛不自觉地避开廖杰的目光，心咚咚咚地狂跳，脸上发烫。廖杰在转弯的路口和红灯变化时刻，利用各种机会偷瞄她，玫瑰花把苏丽诺映衬得格外美艳。车子在漆黑的路上狂飙，似乎也在明了两颗不安定的心。

车子驶进小区，廖杰在大门口找了一个方便的停车位，挡位归正，拔下钥匙。

他侧过头，摆向苏丽诺一边，说，“一起上楼？”他目光死锁住苏丽诺，似乎不能允许她拒绝。

苏丽诺什么都没说，她默然地笑了，眼睛睁得老大，抿着嘴。

“哦，对了，听说你今天辞职了？”廖杰不紧不慢的一句话从嘴边溜出来，仿佛冷水，把苏丽诺的热情瞬间浇灭了，她紧紧攥着那束花，似乎能感觉到玫瑰刺扎得手指生疼。

“对，可你是怎么知道的？”苏丽诺的辞职报告只写给了Tom和人力资源部。小薇知道情有可原，她和Tom有着特殊的关系，办公室里的人知道也有可能，可是她是自己走的还是被裁掉的，却无人能说得清楚，唯有Tom。廖杰哪里来的消息？不会又是什么保安保洁临时工吧？苏丽诺觉得黑暗里有无数双眼睛在看着自己。

“这个你别管。告诉我，你之后是怎么打算的？”廖杰的温柔还在持续，可这话分明和刚刚Tom颐指气使的内容一样。

“没有打算。休息一阵，别的还没想，辞职来得突然，我还来不及考虑。”

“我需要你。你知道，现在咨询行业不景气，项目争来争去，都是你死我活。我需要你帮我。”廖杰侧头看着苏丽诺，他的手有力地落在苏丽诺手上，用力地握了一下。他的眸子是明亮的，黑色的，老话说，眼睛清澈的人，想法也见得了光。可是这话的内容，不由得让苏丽诺心生怀疑。几个月没联系了，怎么又是这么巧？廖杰啊廖杰，哪个才是真实的你？苏丽诺开始怀念那个短暂的雨夜，那个悉心照顾自己，又看穿自己的廖杰。

“要怎么帮呢？你把我师傅都挖走了，还需要我干吗呢？”苏丽诺故意卖了个关子，她还不了解廖杰的真实意图，难道是挖她去自己公司吗？如果是这样，苏丽诺还是很愿意考虑的。辞职容易，后续的手续无比麻烦。公积金，养老保险，医疗保险，社会保险，各种巧立名目的费用统统抛出来，还有档案，她都没有想过要怎么办。她感觉自己像是冰海里的一截木头，漂泊了。而廖杰的邀请很像捞起她重回阳光陆地的网子。

“我想请你去Tom公司，现在那是我最强大的竞争对手。就是委屈你了，可我会补偿你的。我和朵拉分手了，就是为了……”廖杰的语速不快，可依旧让苏丽诺难以忍受，她感觉受到莫大的屈辱，原来一切不过一场利用，她满心期待的廖杰给了她最为残酷的考验，还要搭上自己对万朵拉的背叛感。她把花砸向廖杰那张帅气好看的脸上，然后抓起包夺门而逃了。

廖杰也冲出车子，下来疯狂地追赶她，两个年轻人在奔跑，皮鞋和柏油路的撞击声在夜里回响。那同时也是梦想和感情，事业和筹谋在撞击。小区的冬青树都昏睡过去了，道路两旁的银杏树，顶着干枯的零星几片叶子在风里哆嗦。

苏丽诺此时觉得巨大的委屈随着泪水夺眶而出，她反问自己都干了些什么啊。活该被商学院拒绝，活该失去工作，活该她竟然那么相信廖杰，自责和羞愧，还有对廖杰的怨恨对万朵拉的背叛感包裹着她。

廖杰拼命地追上苏丽诺，急速奔跑让他头上渗出一层细汗，苏丽诺的速度此时并不快了。廖杰一把拉过她来，紧紧地抓着她，生怕她跑掉："不是你想的那样，只是暂时帮个忙，这是没有办法的办法。"

苏丽诺站在那里沉默着，她看着廖杰那张好看的脸，想起了沈波，想起了大学时代那些帅气的男朋友，他们都是她留不住的。说来，苏丽诺犯了一个女人的通病，看上的恋爱款型都是一个型号的，而这个型号，是她真心驾驭不了的。想到这里，苏丽诺自嘲地笑起来。

"苏，你说话啊。"廖杰见她这样，自己也急了，抓住苏丽诺的手更用力了。此刻他的绅士风度和隐忍不见了，他感觉害怕，害怕什么他也不知道，只是觉得心是空的，心口有风。

"廖杰，松开手吧。以后还是要见面的，我们都给对方留点余地吧。今天不适合谈这些，以后也不想谈。我今天很需要找个人说说话，也许那个人就是你。我下午被商学院拒绝了，而且永远不能申请我想去的课程了。冲动之下，我把工作辞了。就在我后悔自己太莽撞、意气用事的时候，Tom找我谈了话，他来拉我下水。那薪水一定很诱人呢，我甚至开始幻想去实现我的梦想了，可是不行，我是个有原则的人，于是我果断拒绝了他。好不容易摆脱了他，开开心心地来见你，没想到你也在这个套子里，而且，你心心念念想的是把我推出去。告诉你，我不是螺丝钉，不能任你们随意拧，我有我的梦想要去实现，你们放了我吧。”苏丽诺原本是对廖杰放下了所有防备的，可是现在不行，她不得不端起来，一身是刺地面对他。她很想跟廖杰提提感情，聊聊自己怎么一见钟情，如何不想和他分开，可此时此刻，这些都没有真实的意义了。

这话让廖杰锥心般难受，他的脸上有种难以察觉的内疚和难过，他眉毛紧紧地锁着，专注地看着苏丽诺。他轻轻放开了紧抓着苏丽诺的手，无力地垂在空中。

路灯在他们前面亮着，光里飞舞着各路来取暖的飞虫。看着苏丽诺转身一步一步向前走去，大衣显得空荡荡的，那一刻，他感觉，苏丽诺是他想去保护的人，而他刚刚一席话伤到了她。自己是不是太自私了？这个迷局布得太深，他自己也陷进去了。这一切从偶然认识万朵拉开始，只有他自己知道这盘棋要怎么走，走多远，几次都该放手的，可是他欲罢不能，是为了事业，还是他爱上了苏丽诺，在此之前，他说不

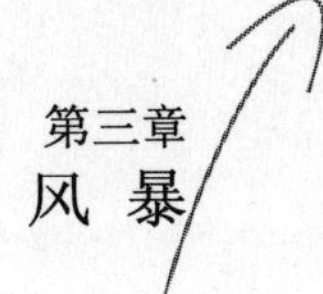

清。这个晚上，他处心积虑地安排，却被苏丽诺几滴眼泪就打败了，这是为了什么？廖杰明白答案，那不只是爱的感觉，而是爱的力量。

廖杰还立在原地，苏丽诺已经走向了单元门。两个熟悉的身影在黑暗里被门前的灯光照亮。那两人的表情都是尴尬的，眉目放大的。那是安阳和万朵拉，苏丽诺知道，她完了，她最好的朋友们刚刚就在此处看了她最痛最伤心的一场表演。万朵拉向前一步，被安阳死死地拉住了，苏丽诺不想看万朵拉的表情，她也不敢看。

四

规划梦想

计划赶不上变化，你永远猜不到巧克力盒子里还会跑出什么。

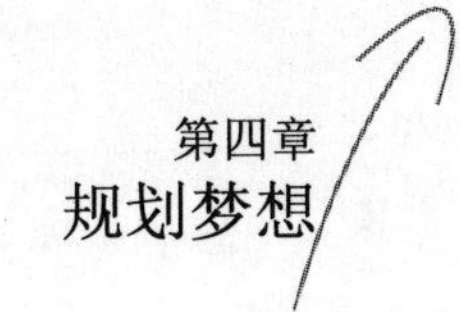

第四章
规划梦想

苏丽诺快步走向单元门，在包里翻找钥匙，越是着急，越是找不到。包里传来的声音像是一场焦灼的翻炒。安阳夺过她的包，借着单元门的灯光，在夹层里找到了钥匙。随着锁孔咔嗒一声被拧开，安阳拉开了门。

“你们两个，进不进来？”安阳冷冰冰的口气，命令门外站着的两个人。万朵拉红着脸，怒气上头。苏丽诺像霜打的茄子，毫无力气。两人随着安阳上了楼，脚步都不轻松。

进了房间，安阳随手摁亮了客厅里的落地台灯。三人随即窝进沙发里，这是她们的一贯姿势，再生气也没办法改掉的习惯。房间里的钟表，嘀嗒嘀嗒地走着。

楼宇的中央空调传来舒适的热度，这让冻了许久的安阳和万朵拉感觉好了不少。苏丽诺见气氛沉默，便爬起来去煮咖啡。磨豆机带着咖啡豆尖厉的呼喊，随着轰隆隆的声音粉身碎骨。

咖啡香气弥漫着客厅，苏丽诺一直背对着沉默的两个人，她大脑一片空白，不知道怎么交代才好。

咖啡杯是很精致的白色瓷质马克杯，苏丽诺轻轻递给万朵拉和安阳，自己则捧着另一杯，坐在沙发边上。

“多久了你们？”万朵拉此时也不那么激动了，潇洒这种话不是随便被赞美的，此时也唯有万朵拉还能这么心平气和地质问。

“不是你想的那样，只是几次见面而已。”

“你爱他？”万朵拉咄咄逼人。

“行，阿诺，你长本事了，都能撬动我的男朋友了。”万朵拉的大眼睛从刘海的缝隙里，露出光芒，尖锐凛冽，她扁着嘴唇。

苏丽诺百口莫辩，她想说她没做什么，但她自己明白，她动过这个念想，不是吗？此时她只是觉得累到了极点。谁抢了谁的男朋友这个题目不成立的，小薇说的是对的，是她的谁也抢不走。还有吉塔斯的那句话，别人看见我们的行为，但上帝看到我们的动机。自己的动机呢？

“对不起，朵拉。我也没想到会这样。我和廖杰之间是场误会，可现在再怎么解释都是多余了。”

“不听解释，我先甩的他！我一向是爱直接吻，不爱马上滚的。不过，你们的事情我早就猜到了。就算你没当真，他也是当真的。”

“没什么是真的，刚刚你也听到了，他从开始接近我，就不过是为了让我进入他设计的一个局里，然后进入他对手的公司，和他里应外合。说到底是场利用，还是个千里埋长线的。”

“我怎么觉得这事挺靠谱呢？知道我每天的生活有多无聊吗？无聊到没人会设局跟你玩，这挺刺激的。”一旁喝咖啡的安阳来了精神。

“别转移话题。”万朵拉斜着眼睛看了一眼安阳，“廖杰怎么利用你，我不知道。但是他玩真的这次，我知道。他的手机里除了你的号码，其他号码上都有名字的。知道吗？”

“那又怎么样，能说明什么？”

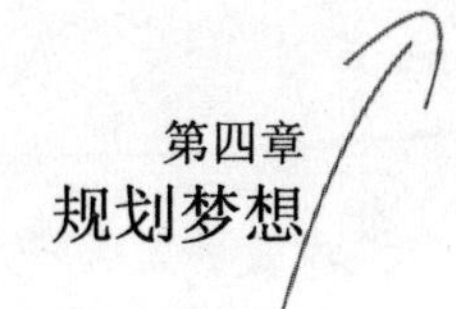

第四章

规划梦想

“猪脑子，我都奇怪了，你这种情商怎么就能当上咨询师呢？”万朵拉扔过来一个毛绒蒙奇奇砸在苏丽诺的头上。语气十分嗔怪，又恢复了她平日的劲头。

“朵拉你真大方啊，就这么原谅她了？”安阳放下咖啡杯，头摆去看着万朵拉，十指开始大动。

“前男友而已啊。”万朵拉眯着眼睛，也放下咖啡杯配合。和安阳一起，拉扯着苏丽诺。三个姑娘和在安阳婚礼前夜一样，玩笑扭打在一处。不同的是，苏丽诺边笑边哭了，眼泪漫过脸颊冰凉冰凉的。

万朵拉先发现了，便停下手，靠在沙发边上，她用手指当木梳，把苏丽诺的头发向后拢了拢：“行了，都过去了，我都没哭呢，你哭啥？”

“对不起，朵拉。”苏丽诺哽咽了，她能明白万朵拉现在的心情，可她不想说穿。

“刚在楼下，你说今天你辞职了？我们怎么不知道？”安阳坐过来问。

“还没来得及告诉你们，你们就杀上门了。我今天就不该出门，处处八字不合，先是被商学院给拒绝了，然后鬼迷心窍地提了辞职。晚上和前老板吃饭，被他揭各种老底，接着就是廖杰的事情，你们看到的。我现在工作算没了，完全自由了，可以想做什么就做什么，和朵拉一样了。”灯打在苏丽诺脸上，昏黄一片。

“我倒是很羡慕你呢！要是哪天我有这个勇气跳出研究所就好了。不过那样我爸妈肯定要吃了我，我婆婆也不会放过我的。孩子还没生出来，现在见到熟人都是催生孩子的，但我就是想不明白，生了孩子生活会变成什么样子。事业事业没着落，孩子又不想生，每天像吊在这里一样。我担心，有了孩子更没有机会实现梦想了。”

“你们不管怎么样，还都工作过啊，我待着就更心烦了。每天闲着不是啥好事。我这有时间的也没见实现梦想啊。”万朵拉把两条大长腿交叠地放着，侧头看着安阳和苏丽诺。

“是啊，感觉越活越找不到方向。现在更是乱糟糟一团。想想也真是可笑。从前还算一道题呢，嫁人，生孩子，跳槽，升职，读书……哪个该排在前面？现在彻底不用算了，没有一条路是通的。”苏丽诺自嘲道。

“你不是认识那个什么嘟噜吗？打给他问问？让他帮忙规划一下我们的梦想吧。三十岁不好过的，难道都要需要人帮忙了？”万朵拉仰着头看天花板，自言自语道。

“还记得那个婚礼上的陆婷吗？”万朵拉又接着问。

“记得，高中时候小三角眼，老说自己是孟庭苇那个。”安阳喝了一口咖啡，此时苏丽诺打开了音响，她们大学时代最喜欢的歌曲轻柔地飘浮在空气中。

“她怎么了？”苏丽诺回到沙发边上，坐在地板上问。

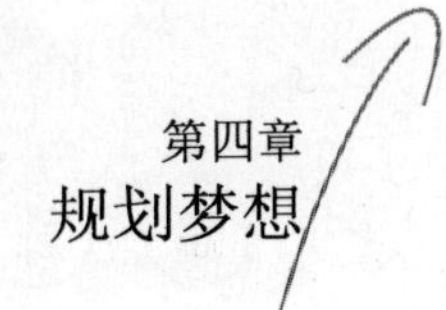

第四章
规划梦想

“抑郁症。前一段时间我也是偶然知道的，在医院照顾了她两周。”苏丽诺此时知道了廖杰所谓的万朵拉很忙，原来是忙这个事情。

“从今天起，我也开始抑郁，你也来照顾我吧。”苏丽诺把头压得很低。

“呸呸呸，别瞎说，抑郁症是病。你见了她保证不这么说了。”万朵拉难得的正经。

“什么症状？”安阳此刻像个大夫。

“流口水，浑身颤抖，脸色惨白，眼神涣散。”

“怎么这样了？上次婚礼见她还好好的啊？这种病该是长期的才对啊，怎么成了急症了？”

“安博士露怯了哈，不是内向的专属病症好吗？有个词叫作外向孤单。就是说，心里有话没有地方去说，久而久之淤积成病了。陆婷这小三儿生活，表面风光，背后好不好只有她自己知道。不能跟家人说，朋友又都不屑与她来往。”

“沈波呢？还跟她在一起？”

“陆婷这个样子，公司也就没什么业务了。人走茶凉，供应商都来讨债，供货断了，资金链也断了。沈波早就没影了，至少这么长时间一直没见到他。哎，都不知道为了什么。我记得上学时，陆婷的梦想是当个像孟庭苇一样的歌手。瞧瞧现在的样子。”

“还有大学时候信管系那个叫麻秆的，记得吗？青海人，个子高高的，戴着瓶底眼镜的。围棋队的，当时说是聂卫平二世呢。”安阳提醒着二人。

“他怎么了？”

“他和老王读硕士时还有联系，围棋早就荒废了。在四环边上给他爹妈买了房，刚交了钥匙，人一天没住进去，就猝死在办公室了。”

“靠！这都怎么了？在国外，三十岁算什么？六十岁都活得活蹦乱跳的。悠闲地钓个小鱼，喝个咖啡，没见这么拼命的。”万朵拉晃着咖啡底子愤愤不平。

“是啊，青春是多么短暂。咱们也不能再这么混下去了，想想咱们的梦想吧。”苏丽诺慢悠悠地说，三个人正在往楼上卧室走。

“咖啡店啊！就这么定了，姐妹齐心，其利断金。”安阳少有地激动，在楼梯上突然停下来，看来她结婚前夜那场讨论，是认真的。

“好啊，开那种小资一点的。屋里充满了咖啡香气，有午后甜点，最好有马卡龙，彩色的排排队放着。墙上要有那种特欠抽的，谁也看不懂的艺术画。”咖啡因让人精神短暂地亢奋，万朵拉一边上楼一边手比画着，眯着眼睛。

“必须要木地板，走上去咕咚咕咚响那种。房间里要放着慵懒的爵士乐。还要养绿植，高矮错落那种。最好门口放着一个大大的卡通铁质喷壶，哦，还得有一串风铃。有人来了，就一阵细碎铃声，把咱们从安静中拽回现实。猫在晒太阳，我捧着书一起晒。”苏丽诺畅想着，那是

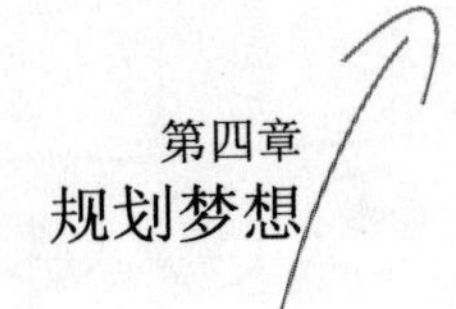

她梦想的生活。

“没错，房间里要有书。”安阳接过话茬。此时二人坐在楼上的沙发上，苏丽诺打开柜子，把二人每次来穿的睡衣拿出来，扔给她们。安阳结婚后，三个人再没这样聚过了。

“都博士了，还看什么书啊？服了你了。”

“博士怎么了？博士也要有生活啊。没有书的咖啡店多奇怪啊，必须有书。我还在想，得把实验室那套装备放在咖啡店里呢，看上去有种科学的高贵和冷艳。”

“少来，科学冷艳没人气的。要做就做那舒服到底的小资店，腐女店，最好能顺带提供美甲服务哈。”

“吃的和美甲放在一起？那要不要放足底按摩啊？”安阳反驳万朵拉。

苏丽诺一言不发，她轻轻走下楼梯，坐在下面隐约听到安阳和万朵拉讨论的声音越来越小，估计两人是睡着了。

她从包里拿出吉塔斯男爵的名片，握在手里，久久不能决定，打给他是不是太傻了？人都快三十岁了，难道自己的梦想还真的需要一个陌生人来点拨吗？

人在困到极致时，会出现交感神经亢奋，像喝多了一样，一边困得不行，一边又不想入睡。苏丽诺拨通了那个号码，随手把灯关掉了。她坐在黑暗里，举着手机，屏幕的光亮微弱，只响了三声，随着手机的震动提醒，苏丽诺的心紧张起来。天哪，还真的拨通了。

“嘿！你好吗，列侬？你终于打给我了，怎么样，最近怎么样？”电话里传来吉塔斯兴奋的声音，苏丽诺脑子里勾画出那个高鼻子长相古怪的爱尔兰人。

“呃，还好，吉塔斯先生。您怎么知道是我打来的？”苏丽诺惊讶之余，觉得后背发凉，连手心也渗出了冷汗。

“很容易判断。你的电话号码，表明来电来自中国。你是我唯一的中国朋友，而且我预感到你会给我打电话的。”吉塔斯那边讲话自信满满，还能听到隐约传来的剪刀戳开塑料包装的声音。

“有这么神奇？不过听上去还很科学哈。呃，我想，我需要你的意见。生活突然变得一团糟。真的，没有一条路是通畅的，全部堵死了。”苏丽诺在深夜里拨通这个电话的全部意义，其实并不在于听吉塔斯的意见，更多的是自己和自己对话。她觉得沮丧，前途没有希望，像一只挂在树上的风筝。

“没错，我能理解你。遇见我之后，生活就会有变化的。”吉塔斯那边又是一阵手忙脚乱的响声，听上去貌似玻璃锅盖扣在平底锅上。

“怎么了，你那边有麻烦？”

“小问题，厨房的事情我比较不在行。我是说，我能预知你会打来。”吉塔斯吼回来。

“什么意思？你当自己是上帝吗？我们相隔这么远，难道一切是你

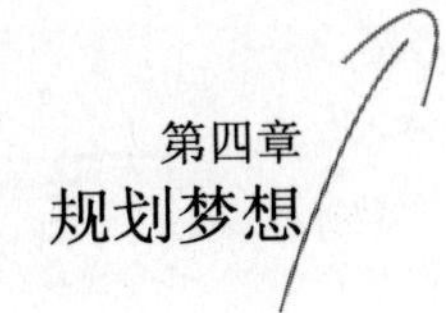

操控的？我又不是木偶。”苏丽诺把英文用得很妥当，夜深了她本想压低声音，但是吉塔斯在吼，她也只能提高嗓门，配合他哑着嗓子吼回去。还好房子质量不错，隔音效果很好，就是不知道楼上熟睡的两人会不会醒来。

“变化不一定是坏事啊。说不定你从前没想过的事情，现在有机会尝试了。比如，你多出了自由支配的时间，去思考你的梦想和你要过什么样的生活。空窗期有时是必要的，你忙碌地追赶错误的目标，到头来也许是白辛苦啊。”随着一声沉闷的关门声，世界安静了，苏丽诺猜想吉塔斯可能走进了房间。

“还真是，你猜对了。我失去了工作，商学院也不再接受我的申请，我现在时间大把，可以随意挥霍。正在想着和两个好朋友一起开一家咖啡店。你的意见呢？”

“中国人喜欢喝咖啡了吗？我以为你们更喜欢喝茶。”吉塔斯笑道，声音近在耳边。

“是的，年轻人很喜欢，觉得那是一种舒服的解压方式，很时尚。”

“咖啡店是你的终极梦想吗？”

“其实，我想去环游世界，去看看未知的地方是什么样子，能走多远就走多远。还拿起相机和画笔，把美好记录下来。”

“那为什么要开咖啡店？咖啡店会把你禁锢在原地啊。开店的去逛世界，听上去是悖论吧。”

“第一是要有经济来源，第二，我喜欢和闺密一起做点事情。”苏丽诺在回答自己心底的问题，她在说服自己。对于一个习惯了外企白领生活的人来说，放弃所谓的社会角色和保证，去做个买卖人，这是个她梦想的事情，也是个一直以来想想而已的事情。

“闺密是什么，一种糖吗？”

“不，是最好的朋友。中文的一种表达方法，闺中密友。”

“中国真是片神奇的土地，有机会我该去看看，给你们答疑解惑。那里的年轻人应该需要我。”吉塔斯无限畅想开来，听上去声音很遥远。苏丽诺想起他那奇怪的眼神，模样，在漆黑的夜里，心里生出些许恐惧。

“呃，好吧。欢迎您，不过，现在，您对我们的规划有什么建议吗？”

“哦，对的对的，有点提醒给你。记住，不要苛求。”

“不要苛求？”

“是啊，理想，梦想，幻想都是邻居，它们离得很近。很多时候理想因为不能被现实纠偏而变得遥不可及，梦想更是不着边际。那么，就不必苛求自己，你要目标明确，然后努力积累，如果你去尝试了，可是怎么都去不到那地方，可能还需要点运气。如果，连运气也耗尽了，那么，也许就真得叫它远方啦。不过在你纠偏之前，请务必倾全力一试，

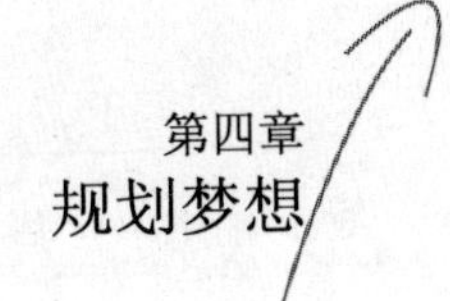

不异想何来天开，是吧？”

“你说得太深奥，我得消化一下。我能理解，您支持我去开咖啡店，先攒钱，然后去周游世界，有多远走多远？你觉得这合理？有可能变成现实？”

“原则上说，是的。”

“那么我的朋友呢？一个在研究所像盆栽一样耗费青春，一个无所事事。这样对她们是合理的方式吗？”

“当然，如果开咖啡店也是她们的梦想。那么，请你研究所的朋友发动脑力来策划咖啡店的事情，她比你们都严谨，对吗？请你那无所事事的朋友去搞定外围关系，无所事事都能生活得很好说明她很有人气，对吗？至于你，你去总览全局，我记得你面试商学院的时候手里抓着一张面试表，好好读读那上面的自己，一定是有着惊人的过去的，你是有商业头脑和才能的人。凭我对他们多年的了解，不够格的人想去面试比登天还难。所以，还等什么呢？加油干吧。梦想这个词有点傻，其实，你得敢做梦，敢想，还要敢干！”说到商学院的时候，吉塔斯故意把说话声音压低了一点。

“你可真棒啊，我现在感觉自信心又回来了，呵呵，谢谢你男爵。”

“随时为您效劳，您可以随时打给我。”

“有什么需要我能帮助您的吗？”

“想请教一下，追求一个喜欢打网球的小姐，送什么礼物好呢？”

“拍子或者一套漂亮的网球裙，或者，她喜欢的任意一样东西，让她感觉到您的心意就好。”

“哦，谢谢了。现在你那里的时间是几点呢？”

“凌晨两点。你呢？”

“晚上七点，刚好是看球的好时间。”

“那么，不打扰您了。最后，请问，您名片背面的话，我该怎么理解呢？”

“那个嘛，天机不可泄露。不过我想告诉你的是，人一生虚度的日子，就如影儿经过，谁知道什么与你有益呢？谁能告诉你身后在日光下有什么事呢？”

“不好意思吉塔斯，您说得太深奥了，我想我没懂。也许是熬夜闹的，我有些精神不集中了，坏事太多，感觉自己要神经分裂了。”

“上帝啊，神经分裂？”吉塔斯似乎很在意这个词，他的声音又提高了一个调门，仿佛背景又切换到了热气蒸腾的厨房。

“是啊，感觉头疼。”

“神经分裂是个很糟糕的事情，他们会对你用上刑具的，快去休息，快去。”

“呵呵，好的。喂，喂，喂……”吉塔斯的电话突然断了线，苏丽诺在黑暗里对着手机喊了几声。

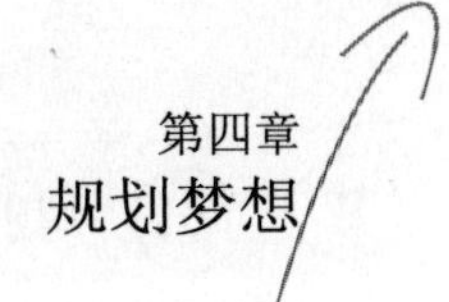

第四章
规划梦想

苏丽诺想着他讲的话，七分热血已经被点燃，她恨不能马上投入到开咖啡店的筹备中去，再顺便查查自己的小金库里有多少钱，然后叫起楼上酣睡的安阳和万朵拉一起商量一下。安阳不老实在家陪着老王，怎么会半夜跑来她这里呢？苏丽诺脑子里突然画起了一个大大的问号。

想着想着，苏丽诺蜷在沙发上睡着了。她做了一个梦，梦里廖杰跟她说，就是个玩笑，从来没有什么胶东项目，都没有，一切都是好好的。梦见Tom驾驶着一辆四驱越野车，从她身边开过去，而她自己在泥泞的大雨里拼命奔跑。梦里她看见陆婷那张早就不熟悉的脸庞，那是还没有整容的清纯模样。她看着自己的背影，背着双肩背走在一望无际的草原上，蓝天白云，她拿起画板，素描下远处如同静态般一切美好。

苏丽诺在清晨被安阳叫醒，她不必早起了，没有工作需要她做。于是，看着安阳匆匆抓起包穿好鞋子。苏丽诺在安阳忙乱中，快速地总结了和吉塔斯的对话。

“阿诺，我觉得，这是全新的一天。”安阳半推开门突然转身跟苏丽诺说。

安阳匆忙地赶去上班，尽管她还是没吃早餐，但是感觉太阳都和往日的不同，那么明艳鲜亮。有一种说法，说明天早起自己都是新的，安阳体会到的正是这种感觉，她终于找到了她要做的事情。这么一点点想法和实现梦想的可能性牢牢地牵引她去对抗毫无意义的研讨会，伪科研。安阳跟苏丽诺说，梦想是一针强心剂，让人瞬间振奋，突然从椅子上站立起来。

万朵拉那天睡到了午后才醒来，苏丽诺没有叫醒她。她忙着在楼下客厅里抱着笔记本着手筹备。万朵拉是一点多时，吃着泡面听苏丽诺讲了她们的计划，她激动地在沙发上跳来跳去。

“我自己有二十万，全拿出来，搏一搏，够不够？”万朵拉把最后一口面条吸溜进嘴里，咂着嘴说。

“不够。我这儿还有。安阳也有点。再说你哪里来的二十万？还不是你爸的！”

“管他呢，先拿来用呗。童年都被他们吵来吵去给毁掉了。现在拿他二十万怎么了？”

“朵拉，开了店，你就是店老板。以后自食其力吧。再说，人都到了三十岁，还把情绪都归结到父母身上不合适。”

“哦。”

“廖杰那事？”

“也就是你，换了别人，我就砍了他们。你喜欢廖杰吗？”万朵拉一脸侠女气焰。

“不知道，反正已经这样了，事实证明他目的不单纯。”苏丽诺摆弄着手里的柠檬水杯。

“喜欢，就好好相处，他人还是不错的。不喜欢就让他死一边去。这还不简单！”

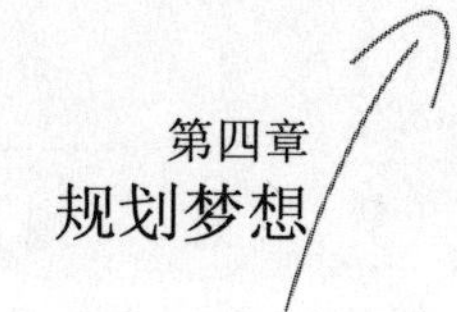

“对了，昨天安阳怎么跟你一起来的？”

“她？跟老王吵架了。老王现在彻底站在他妈那边，你知道他都干了些什么吗？”

“什么？”

万朵拉色眯眯地看着苏丽诺，勾勾手指让苏丽诺靠近她，在她耳边嘀咕了几句。

“不是吧？老王看着不像这么诡计多端哎，这都想得出来？”苏丽诺听完，惊得下巴都要掉下来了。万朵拉撇着嘴，假模假式地点头，忍着不笑。

“扎了几个洞呢？安阳怎么发现的？”苏丽诺的八卦劲头终于来了。万朵拉嘎嘎地笑出声来，摇头打死不说。两个人哈哈地笑个没完。

“安阳这回要是怀孕了，老王可算把她得罪到家了。还不得跟伺候女王一样！安阳可是一直向我舅妈看齐的，要做科学家里的职业丁克。哦，对了，那你怎么想起到我家来啊？”

“还好意思说！我俩本来约你出去吃饭，你一直没信号。我们就急了，结果遇上你那么狗血的剧情。”万朵拉弯起手指端详自己的指甲，不看苏丽诺。

苏丽诺这才想到手机的事情。从沙发缝隙里抓来，看到那串熟悉的号码，脸色变得难看。

“廖杰的电话吧？”万朵拉问。

“嗯，不回了。就到这儿吧。”苏丽诺把手机重新扔回沙发，久久不能平复。好像早已经抽离的疼痛又要发作一样。

那之后的日子就像打了鸡血，三个人都全力投入了这项伟大的计划。万朵拉的人脉如吉塔斯预测的一样，散得太广，她的朋友，几乎普及了能用得上的全部行业，餐饮管理的，西点大师傅，咖啡小老板，店面装修设计师。然而世上没有哪种事情是一蹴而就的，咨询了一圈，她们发现最难的问题有两个。

得选个好位置，北京是四四方方一个城，大马路又宽又直，两边高楼林立，看着处处商机，细算起目标客户来，就很难定位，很难找到她们理想中的地理位置来开店。房租不能太贵，还要感觉对，这简直比登天还难。其次是自己要多少掌握制作咖啡和甜点的技能，也并非易事。于是分了工，安阳依旧做着设计和采购预算，苏丽诺和万朵拉两个闲人开始拜师学艺，选到好地址。

这期间，舅妈的红烧肉、蜜汁排骨几次都成功地把苏丽诺哄回了家。苏丽诺在舅妈那儿见了彭湃几次，但都没有什么实质的话题。彭湃给苏丽诺发过短信，但是后来经舅妈说漏嘴得知，都是舅妈指使的。苏丽诺看着老人这么热心，于是嘴上说，了解了解，心里却直翻白眼。要命的是家里不知道她已经辞职了，更不知道商学院的事情泡汤了。所以每次接听舅妈的电话，苏丽诺都要十二分地小心。

万朵拉拉着苏丽诺去弄头发，两人去了她们常去的一家理发店。苏

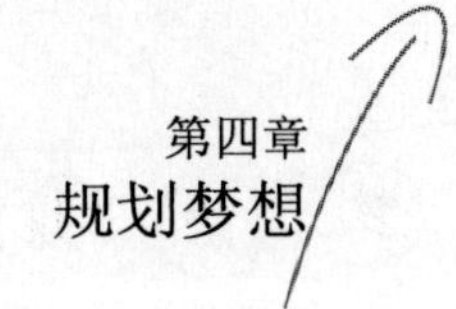

丽诺坐在大镜子前面一心玩手机，万朵拉在对面和一个造型师调笑。苏丽诺时常觉得奇怪，她怎么能什么场合都能凸现出来？可此刻苏丽诺毫无妒忌，自己的姐妹，只盼着她好还来不及呢！

苏丽诺每次来这家店都支招同一个帮她，她笑称对方钟大师。钟大师站在苏丽诺背后，从她头上随意扯起一绺头发，比量了两下。

“长短就这样，打薄一些，刘海变一变吧。”他自言自语道。

“唉，好嘞。”苏丽诺很省心地答应着，眼睛都没有离开手机屏幕。安阳曾经说过，钟大师是苏丽诺找到的最靠谱的造型师，如果苏丽诺在选男友上也有这种运气，早就把自己打发出去了。

随后苏丽诺被洗头发的助理晓越带去洗头发，热水流过发丝和头皮，指尖按摩的压力瞬间带来放松。她闭上眼睛前，给安阳发了条短信，告诉她，朵拉和她正在享受人生。

重新端坐回椅子时，钟大师开始不紧不慢地发挥。他自己可能没觉得，只当剪头发是门手艺，但在苏丽诺看来，那完全是门艺术，是审美和沟通的艺术。剪子看似随意地飞舞，短短几分钟苏丽诺就人模狗样了。

晓越是在苏丽诺的头发告一段落时，被钟大师请过来的。她拿着小眉刀剪子和眉笔到底做了什么，苏丽诺毫无感觉。

“晓越，要是没有你我可怎么活啊！”苏丽诺闭着眼睛说。

“离了谁都一样活的。你这么说话，我觉得你像万小姐了。”晓越得意又平静地说。苏丽诺闭着眼睛笑了一下，也许她骨子里就有着万朵拉的活泼可爱，只是她不自知呢！从前在心里暗暗看不惯的朵拉的样子，现在慢慢自己也成了这个样。卸下压力，这次才是她自己吧。她想起吉塔斯那天说的那句神秘的话：谁能告诉你身后在日光之下有什么事？有谁能告诉你原来的模样？只有自己去接近自己。

想到这里，苏丽诺嘻嘻地笑了两声，再睁开眼睛，眉毛和头发成了绝配。自从辞职后，她都没像现在这么放松开心过。

"给我讲讲开理发店的事情吧。"万朵拉还没结束她的陶瓷烫，苏丽诺只好缠着晓越聊天。

"开店的事情我就不大懂了。不过怎么在店里好好干活我倒是知道。像我们这种技术流的店，从小工升成大工要熬上几年。这几年可不是瞎混，包括了复杂的好多步骤的培训、实习和磨炼，没个三四年的工夫根本不会在技术流的店里生存得好。"

"靠手艺吃饭，真棒的。我很羡慕你。"

"有啥好羡慕的，跟美有关的事情我都想学学，这是我的梦想。"

"梦想？目标明确，真是挺羡慕你的。"苏丽诺一边赞美晓越，一边暗暗地想，自己的本事是什么呢？

苏丽诺给万朵拉讲了晓越的话，万朵拉喝着酸奶，勺子咬在嘴里，一言不发。万朵拉自认没有一技之长，晓越的话刺激了她。苏丽诺觉得这对万朵拉不是坏事，她倒是对咖啡店的事情更起劲了。

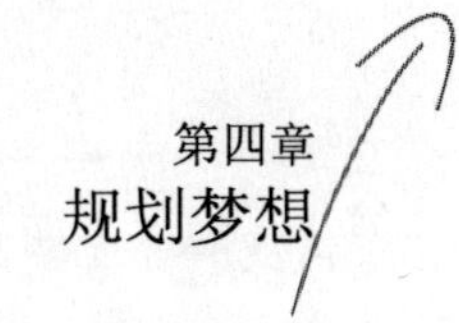

万朵拉先是从在网络上看到有人出租南锣鼓巷的房子，于是发了短信，还互相加了QQ，结果一来二去地聊后，发现房子已出手于别人。可朋友这条线算是牵上了，那人的网名叫作梁超伟，经营着几家咖啡馆。和朵拉相约着如果朵拉看中了哪里，他可以帮忙去评估一下位置好坏。这可乐坏了三个姑娘。

事情的进展有些出乎意料的顺利，她们很快就从网上找到了另一条消息：一家小店要转让。苏丽诺和安阳匆忙地赶去谈判，决定买下小店，结果顺利到房主除了付款方式，同意了她们所有刻薄的要求，这让安阳一直悬着的心，吊得更高。

天下没有白吃的午餐，这个道理她们是懂的，但是到底哪里出了问题，是机会还是陷阱？三个人陷入了深深的疑问里。万朵拉主张一次性把钱付清，和房主尽快脱离关系，把生意运作起来。安阳觉得事情没那么简单，苏丽诺也觉得要再考察一下店主做不下去的真正原因。万朵拉开始丈量那家店面，甚至悄悄预付了定金，定下了她喜欢的沙发桌椅。

与此同时，苏丽诺的朋友向她侧面地发出了投资的警告，开始是质疑绣水舞弊案的处理会影响周边商圈的经营管理，后来质疑猪流感的传播会波及生意，苏丽诺这个资深咨询师，在这场投资前犹豫了，踌躇不前。这让万朵拉十分不满。然而，三个人的资金，哪一个人也不能完成全部投资，这让万朵拉的郁闷更加深了一层。女王不能掌握全局，是很闹心的事情。她们之间经常爆发类似的争论。

"从心理上讲，我想这么做，试试机会，试试自己，试试梦想，试试脑子，试试运气。"万朵拉朝着安阳和苏丽诺大喊。

"你要考虑得更深远一些，比如多问自己几个问题。我们可以吗？别人开店的时候，是不是也都是这么想，觉得一定会成功？可是成功的店铺又有多少呢？"安阳冷静地分析局势。

"我并不怀疑我们的实力，我怀疑的是时机。"苏丽诺话不多，但是充满了否定的味道。

争执不下的时候，万朵拉提出去见见那个梁超伟，安阳和苏丽诺也觉得是时候了，于是开始打算潜心向这个前辈学习。

梁超伟此人，他隐匿于网络，往来无形，但是思想有形。约了两次，在一个周三，万朵拉锁定了他的时间。三个姑娘去了他的一个店，结果他在忙于另一个店的生意。

"也好，就当熟悉一下他的环境。"安阳心有不满，但是没对万朵拉发作。她可是请了半天年假跑出来的。这个时候苏丽诺便觉得很惬意，她现在是甩手流浪者。自从上次从公司取了辞职的东西后，公司两个字就再没有进入过她的脑子。她开始适应这种自由的生活。因为有了开咖啡店的设想，心里还有那个逛世界的梦想，她觉得生活并不无聊，反而充满了盼头。她几乎屏蔽了所有的猎头机会，也同时屏蔽了一个人——廖杰。不过，夜深人静的时候，去黑名单里查看有没有廖杰的电话和短信，成了她最近的必修课。想念一个人是有频率的。

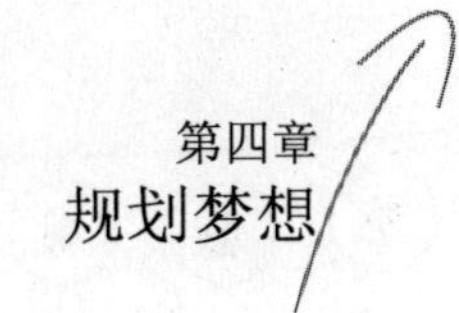

“很美的一个咖啡馆的名字，让我想到老北京的春天，有点想到绿色摇曳的冲动。”苏丽诺点了一杯芦荟蜂蜜茶，暖红色的大杯子，端在手里有沉重的存在感。

她们三个，坐在面朝窄巷子的窗口，各自的思绪随着窗前经过的人时快时慢，无法停止。就这么坐了三小时，期间安阳写了不少东西，是关于她们的店的，那些计算里有兴奋，有沉默，也有焦急。苏丽诺的嗓子有一点点发炎，也说不清具体的原因，只是深刻地体会到了上呼吸道里的闷热和疼痛。

临走前，万朵拉看了一眼咖啡机，德隆全自动，“市价四千块钱左右，标准家用机器，这就难怪这么小的咖啡馆里没有一点咖啡香了。”安阳现在是设备选购的半个专家了，能轻松地说出各种咖啡机的特色，这很符合她的个性。苏丽诺有一次觉得吉塔斯是无比正确的。

走出梁超伟的老店，一直向西，长长的一条古巷林立着不少咖啡店，可都门可罗雀，比起梁超伟的生意差得不是一点半点。万朵拉说，可能是因为那家店面的装修比较让人亲近。太过华丽的东西，反而让人心生畏惧和紧张。而泡在咖啡店的人，多半是寻找聊天和发呆场所的人，这类人找的是舒服和感觉。苏丽诺觉得万朵拉已经把家具用品研究出门道了。

“我想到我们的店要用二手家具才好。”自从开始筹备自己的店，万朵拉和苏丽诺便对餐厅和咖啡店的各种用品的成本价都烂熟于心。甚至和朋友吃饭，也要滔滔不绝地向他们介绍器皿的厚薄和价格，把朋友晾在一旁，专心研究人家的菜单布局和价位。这种事情做得多了，便让她们深信自己的店是独一无二的。

安阳不能再无端地请年假了，研究所的管理虽然混乱，可是人盯人的战术却一直薪火相传得很好，这让一门心思想开咖啡店的安阳感到抓狂。万朵拉不知是使了什么美人计，竟然在周四的晚上约上了梁超伟。三个姑娘在雍和宫碰头，一路叽叽喳喳，忙不迭地往国子监街赶。穿过那排售卖香火的小店铺向右拐时，苏丽诺猛然间觉得，她自己的游移不定，和这条街有关，也许这条街上的人才是属于窄巷子咖啡店的人，而她并不是，她是圈子外面的人，她想看的是更广阔的天地。可是身边两个伙伴那么起劲，她便半点没有表现出来。吉塔斯曾经问过她，开一家咖啡店是不是她的梦想，她回答说这不是她的终极梦想。也许梦想都是要规划着才能慢慢接近呢。安阳和万朵拉此时也走在成贤坊老槐树下，看着那么生机勃勃，不容打击。苏丽诺也很久没来雍和宫和国子监街了。

万朵拉站在槐树下给梁超伟打电话，说自己走丢了，语气直白温柔，这让安阳和苏丽诺都心照不宣地笑了。这家伙一般对男生可不是这种态度，要么妖媚上身，要么颐指气使。

“他怎么说，过来接我们吗？”安阳问她。

“哦，他说，沿着来时的路走到底，就能看到。走吧。”万朵拉带

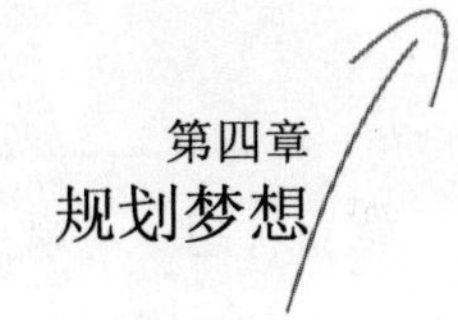

头朝前走，劲头十足，安阳和苏丽诺在身后笑着对视了一眼。

一进门，店里人不多，热情腾腾的室内有种异常吸引人的感觉。梁朝伟正在进口的座位，穿着土黄色休闲套绒裤，灰色的高领毛衫，笑眯眯地坐着喝着热茶水。看着悠闲又随心的那种。三个人一进门，他便认出了万朵拉。

“嘿，过来喝杯热茶吧。”

“怎么认出我们的？”

“估计是一种磁场吧，一种想把赚钱和梦想揉碎杂捏的拧巴的磁场。”

说明了来意，梁超伟很肯定地跟万朵拉说：“留着你的钱，去做点别的什么吧，千万别投进来，你还没有准备好。”万朵拉自然是不买账，磨着他给讲讲开咖啡店的事情。

可梁超伟依旧不紧不慢，聊了半小时，他还说了很多很多很诚恳的话。这是个透彻的人，连安阳都这么说的人没有几个。他让人觉得极有亲和力，笑容很随和，话也说得真诚又直白，让人不容怀疑他的真理性与合法性。

“我跌过跤的，经验告诉我，你们现在不合适。真的，朵拉。”他看着朵拉，眼神里看不出半点猥琐和不安，万朵拉的脸一下就红了。安阳看在眼里，什么也没说。

后来四个人就着一壶热茶，聊了文艺片，聊了别和别人比较，聊了经营店铺和经营梦想，聊了钱和赚钱，聊了不要试图改变世界和自己。三个姑奶奶被眼前的人给镇住了。

“这是我们的梦想，我们还是想试试。要是有合适的位置，请你把把关，你会来吗？”万朵拉直视着梁超伟，半求救半撒娇。

“当然，我挺佩服你们这种追逐梦想的勇气的，真的。找我，一定支持。不过要是我提意见，我还是保留今天聊的意见。”梁超伟一举手，大大方方地送她们出门，很随性地笑着。

三个姑娘回头向梁超伟挥挥手，苏丽诺看到他的样子，感觉到一种强大。回去的路上，三个人开始了激烈的讨论。

“没有准备好的另外一种说法就是你凭什么。”苏丽诺先提了这个问题。

“凭这是我们的梦想啊。”万朵拉的优点是她没有任何工作经验，大脑的绝大部分还保有着无知无畏的勇气。

“梦想不能拿来开玩笑，血汗钱啊，攒得不容易。我们怎么知道投进去是个什么样！”安阳反驳万朵拉。冬天的风有种刺骨的感觉，梁超伟的茶是滚烫的，眼神也是温暖的，可他的意见确实如冬天里的一盆冷水。

“我们凭什么这个问题确实很难回答，因为不去尝试就不知道水的深浅。这是我们要付出的代价，从梦想到现实，不敢走出这一步，都是纸上谈兵。这个问题其实从最开始决定创业就存在着。我想每一次的不

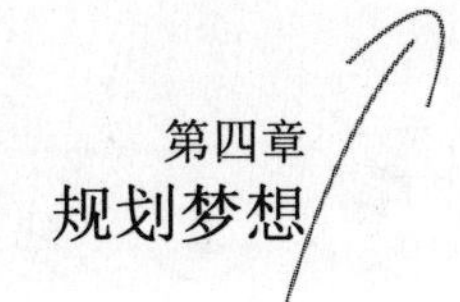

能决断和犹疑，也许就是因为我们心存侥幸和战战兢兢。刚听见梁超伟说我们还没有准备好时，我就想，那句老话，机会垂青那些有准备的人，这个道理原来咱们是懂的，只是用到自己身上，有些不忍心。”苏丽诺碎碎叨叨地说着，安阳和万朵拉根本没有心思听。安阳驾车，三个人又凑到了苏丽诺的家。

晚饭是苏丽诺做的，简简单单的两个菜，安阳在一旁翻看张耀的咖啡地图，万朵拉在拿手机跟梁超伟聊天。苏丽诺觉得嗓子还是火烧一样的疼，这一天结束了，说了那么几句关键的话，不用声音表达是如此焦灼。这让她开始反思从前，在公司里不敢表达自己的意见，畏首畏尾地逃避。真的是多说多错吗？如果是，至少可以做足准备，说且说对，凡事总有解决办法。

房间里弥漫着菜香味，苏丽诺的炒鸡蛋很受欢迎。看着安阳和万朵拉开心吃饭的样子，苏丽诺忽然想起了大学时每天都要走过梧桐旁边的片段，那些紫色的花瓣和硕大的叶子，倔强地站在路的中央，她常去摸摸树皮。可是那女孩哪去了？若是，现在自己是二十岁，而不是三十岁，自己会怎么选择，会很勇敢吗？她不知道。

因为她们的犹豫不决，原本可以商讨的那家小店被卖给了别人。万朵拉郁闷不平，嗔怪安阳和苏丽诺不果断，没事总是拉着苏丽诺去那家小店怀旧，结果去了几次就发现，除了她们去捧个场，那家店根本没有生意，她也就不再闹了，暂时消停了。廖杰从万朵拉那里知道了她们现在的困境，侧面请一个商业地产圈子里的朋友，打电话给苏丽诺，向她推荐中关村的一处正在招商的房子。对方可能想凸显自己和廖总的关系，故意透露了自己的来头，被苏丽诺婉拒了。万朵拉知道后，又是一顿不依不饶的大闹。

五

梦想照进现实

梦想像一只风筝，你抓着线，它却随时有可能挣脱。水中月，镜中花。你以为自己紧紧抓着梦想的那根线，也许是正死死咬住别人钓鱼的饵。

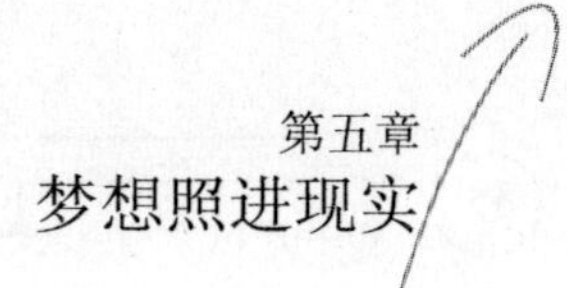

第五章

梦想照进现实

距离苏丽诺辞掉工作也有两个月了，三个人都在各自的分工里忙活着，除了选址，其他的事情都搞清楚了，有点只欠东风的意思。

这是一年的最后一天，天阴沉着脸，窗外刮了一大天的北风。风吹过电线，发出呼号，仔细琢磨，那声音有点像小时候摇大绳的声响，嗖——嗖——嗖。风碰撞枝干发出骨头和筋之间摩擦的声音，嘎嘣嘎嘣，仿佛散打的拳手在做赛前活动。傍晚的北京，上空一片混沌。安阳没去上班，她请了这一年最后一天年假。曾经让她担心的事情没有发生，老王松了口气，可安阳悄悄跟苏丽诺说，有那么一小段时间，她觉得要是真怀孕了也没什么，听天由命，自然而然也挺好。

三个姑娘在苏丽诺家窝了一天。万朵拉裹在天鹅绒的睡衣里，靠在一楼客厅温暖的沙发上做手工。室内温度有二十六度，空气里飘着咖啡的味道，万朵拉说，眼睁睁地看着这一年在眼前哗哗流淌，竟然半点罪恶感都没有。晚上老王下班，要请她们三个吃大餐，苏丽诺打算做个贺卡送给他。开始剪了个兔子，两个耳朵整得比尾巴还短，脸嘟嘟着，怎么看怎么像只狗熊。后来，修了修脸形，瓜子了不少，又看着有点像狐狸。安阳笑她手比脚都笨。正你推我搡地开玩笑，苏丽诺的手机响了。

来电铃声是张震岳的《思念是一种病》，苏丽诺光着脚丫子，满屋找手机，一边打着节奏左摇右晃。那种发闷的声音从五斗柜里传来，拉开抽屉，衣服堆里金光闪闪，把手使劲摸进去，果然在。苏丽诺大嚷："朵拉，你怎么把我外套扔到五斗柜里啦？"

万朵拉在楼下装着耳背，笑着啊了几句。

来电者竟然是沈波，这让苏丽诺始料未及。定了精神，接起来，对方要找的竟然是万朵拉。说朵拉手机没电了，联系不上。苏丽诺觉得奇怪，可也不便多问，便跑着下楼，把电话递给万朵拉，一边用唇语告诉她，来电的是沈波。自己则靠着楼梯的栏杆，静默地看着。安阳也停下了手里的手工，也仰头看着万朵拉。

万朵拉开始还颐指气使的样子，开腔就要损两句人。可慢慢地她表情僵住了，说了一声好便挂断了电话。她表情看上去很痛苦，苏丽诺马上跑下楼梯，安阳也起身过来询问。

"怎么了？他找你干吗？"

"陆婷出事了。上周末。在病房里放着自己讲话的录音，骗过了护士，从十层跳下去了。"

"天哪，这是怎样想死的决心啊。"苏丽诺嘀咕。

"你说我们都知道她这种情况，同学一场，还忙着自己创业的事情，是不是太冷淡了啊？"万朵拉可能是在陆婷死前最近距离接触过她的人，所以感情会比安阳和苏丽诺更强烈一些。安阳递给朵拉一杯热水，也陷入了沉思。

"也许我们该为她做点什么。她那么羡慕我们的友情，可她什么都没有。"安阳道。

"沈波来电话就是通知这件事情吗？"苏丽诺问。

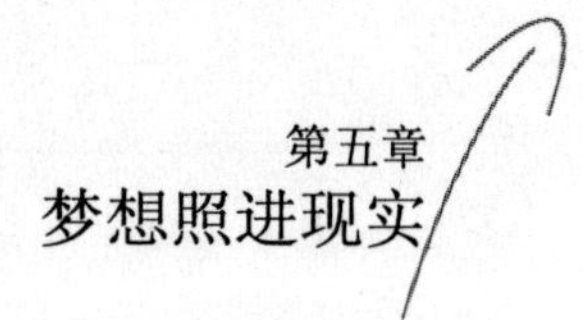

“不，他说陆婷的父母也参加了葬礼，但她父母一直不知道她在北京给韩国人做小三儿的事情，只是收拾了简单的衣物带回老家留作纪念了。陆婷的公司是那个韩国人的，她一直也不过就是那人在中国的首席代表，其实就是看家的。那人好久没来了，人一死倒是出现了，身边还跟着一个年轻的女翻译，看着关系也不正常。那韩国人出资办了葬礼，非常简单。没有通知朋友，她也没什么朋友。不过，那女翻译找到了沈波，说是一个信封，上面写了我们三个的名字，让他代为转交。”

“天哪，我记得陆婷比安阳大三个月，好歹过了三十岁生日了。太惨了。”

“沈波说什么时候交信封了吗？”

“说了，晚上八点半，他公司大厦楼下，在那个咖啡馆见。”听万朵拉说完，苏丽诺心里有种说不出来的憋闷，不是因为又去那个咖啡馆，她是为陆婷不值。安阳给老王打了电话，告诉他不能一起跨年了，要去见沈波。

安阳开着车，苏丽诺在副驾驶座上问她：“老王脾气真好，什么也没说？”

“没，他不敢。”安阳把车子稳稳地开上了高速，女王范儿十足。

车子飞快，三个人的心情很复杂，不知道陆婷的信封里装的是什么。

苏丽诺在车里心情渐渐平复了，她在想自己是怎么认识沈波的，这么不靠谱的人，又总是这个不靠谱的人出现在很多诡异关键的时刻。

其实，沈波是她做项目时候，在酒桌上认识的。当时项目方是她的一个师兄姚致远。姚志远和沈波什么关系，苏丽诺也不是太了解，只是在酒桌上，姚志远总为沈波挡酒，自己喝得像胡萝卜一样，还往身上招呼，苏丽诺感觉姚志远除了乡土气息浓厚，还有点二，比如沈波朝他借钱，他自己的补贴上，还得捎带脚把亲戚朋友也借个遍。有段时间，苏丽诺都觉着他为沈波做的事情有点不可思议，或者说，做得过了，以至于相当长的一段时间里，苏丽诺觉得他的性取向出了岔子。可是沈波对自己当时热情有加，所以她至少不会怀疑沈波有问题。

苏丽诺当时能和沈波走得如此亲密，姚志远脱不了干系。他天生温度高，贼拉热情。要说，他有啥缺点，一大老爷们首当其冲的就是八卦，这人超喜欢八卦，爱传话，而且天生具备了搜集新闻散播情报的本事，简直一身功夫，就像山东人喜欢吃煎饼卷大葱，东北人喜欢吃小葱蘸酱，他讲出来的八卦都是有事实有作料。在圈子里，若是你有啥事想让大家都知道，又觉着难为情，好办，你尽管跟姚总说呀。你上午说，中午之前要是还有人被蒙在鼓里，那一定是那人高度昏厥失去知觉，只要是你神志清醒，哪怕就是你正打飞的遨游太空，姚志远也一定会坐着火箭把新闻给你送到喽！而每次都是他说得满嘴流油，保证听的人留一嘴的口气还意犹未尽。正是姚志远这样的撮合和疯传，让苏丽诺和沈波自己都觉得彼此有意思，自然而然地走到了一起。

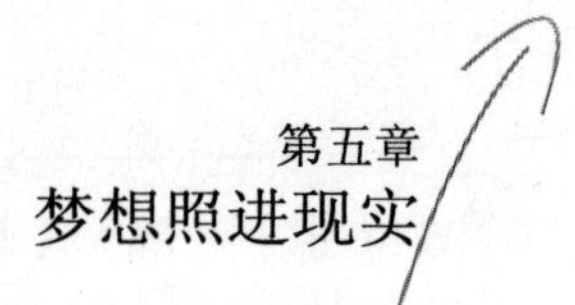

扭头看窗外，天已经擦黑，空洞的蓝黑色涂满了对面的楼房，风小了不少。万朵拉从玻璃上看到自己无神又呆滞的大眼，仿佛孩子丢失心爱的玩具，莫名其妙地涌起不少委屈。她想不明白陆婷怎么这么决绝，好死不如赖活着啊！活着真短暂啊，虚度是一年，奋斗也是一年。她庆幸她们走在正路上，从前成天嚷嚷梦想和实现梦想，好像从来没有人说过，那感觉像是看偶像在你面前吐痰，现在有了机会一定要坚持下去。

安阳的脑子也一刻不停，她心里有点紧张。不知道陆婷留了什么给她们。青春就这么陨落了，太无情了，连她这颗科学家的脑子都感觉到震撼，她想要做点自己真正喜欢的事情，无论多少阻碍。

安阳把车子停在马路对面，三个人在寒风里下了车。风把万朵拉的BabyMary的黑色大衣吹开，呼呼啦啦地在风里响，她忙把自己裹起来。苏丽诺把脸狠狠地埋在蓝色羊绒围巾里。安阳回头按了车锁，确认了车子锁好。三人深吸了一口气，踩着靴子，进入了咖啡厅。这是新年前夜，最后一个夜晚来喝咖啡的人不多。沈波孤独地坐在靠窗的位置，面前摆着一个信封和一杯拿铁。

他看上去面容憔悴，起身礼貌地笑了一下，笑容尴尬，在嘴角有一层不易察觉的干皮，眼角也有了深刻的皱纹。莫非陆婷的死对他也是个打击？苏丽诺观察着，暗暗地想。

“不好意思，我也刚结束一个会，这么冷，还把你们全体折腾过来。”

"没关系。就是这封信吗？"

"对，上面写了让我转交给你们。这家伙把安阳的阳字也写错了。"

"写错朋友的名字很正常的。"安阳毫无尴尬地说。

"你们不算她的朋友。如果她有朋友不会走到这一步的。你们知道她死的时候，放的那段录音是什么吗？是她之前录好的，自己和自己的对话。"沈波说完哽咽了，直白地看着安阳，倒是让安阳有些尴尬。

"为什么要你转交？我想不明白，知道里面是什么吗？"苏丽诺拒绝了侍者送来的水单，专注地看着沈波。

"因为我和她都是心里有秘密的人。她的用意该是希望我不要走她的路，能有机会把自己晒在阳光下吧。"

"什么意思？我们听不懂。"朵拉要了一杯热水，重新窝在沙发里。

沈波搓着手，看着窗外，眼神纠结，从玻璃窗里，苏丽诺看得一清二楚。他有心事，但是在犹豫要不要说。

"难言之隐是吗？我们不强求。"苏丽诺跟上了一句。

"是，不好开口，可也没什么。陆婷的秘密是什么我不知道，也许这封信能告诉你们。我的秘密原本只有陆婷知道，现在不妨告诉你们。"气氛被沈波吊起来了，三人都很紧张。

"我其实是同性恋。对不起苏，没有什么隐婚，也没有什么小白

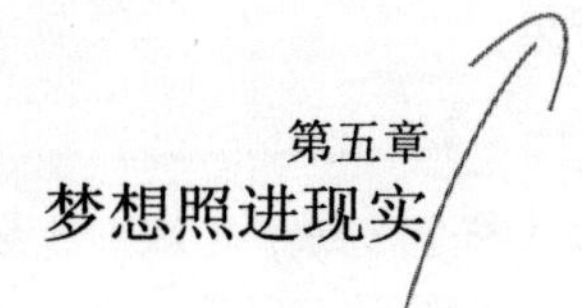

脸，都不是。”沈波说完把脸埋在双手里。三个人瞬间石化了。怎么可能？沈波是个同性恋！苏丽诺的恋爱也太奇葩了，这都没有察觉吗？万朵拉歪头瞪起眼睛惊讶地看着苏丽诺。安阳倒是很平静，喝了一口万朵拉面前的热水，对着苏丽诺仰一下下巴，示意她说点什么。

“呃，沈波？你？”

“没事，我就想能正大光明地生活在阳光里，不偷不抢，我怎么就不能正常生活呢？这是我的梦想。你们走吧，我想自己坐一会儿。说出来，感觉好多了。谢谢你们能来。”沈波抬头猛喝了一口咖啡，向她们摆了摆手。苏丽诺站起来，拍了拍沈波的肩膀，此时她有种异常轻松的快感。

三人沉默地坐回车里，苏丽诺去当司机，安阳和朵拉坐到了后面。万朵拉迫不及待地拆开了信封。借着微弱的灯光，那是陆婷手写的几句话：

一直羡慕你们像姐妹一样地长大，转眼都三十岁了。下面是我记录的成长日记，没办法，一生的梦想就是那个了，你们知道的。可偏偏走了另一条路，梦想如果可以规划该多好，走得无比孤独。永别了，叫你们一声姐妹们。

万朵拉读完，几个人觉得毛骨悚然，特别是那句梦想如果可以规划。几句话的下方是一个手抄的网址，万朵拉用手机输入了，哆嗦着按下了搜索键。是个在国外注册的博客网站，登录名是有了，可是密码呢？

万朵拉捧着手机紧张地看着安阳，安阳不紧不慢地端详着那封信：一生的梦想就是那个了，你们知道的。

“这话什么意思？她的梦想？”

“难道是，孟庭苇？”

“不对，她不可能觉得自己是孟庭苇的，应该和孟庭苇有关的，难道是唱歌？”

万朵拉输入了唱歌的英文，界面在一点一点地打开。三个人屏住呼吸，那是一个死者的临终赠言，还是怎样？

出乎所有人的意料，那里面是一篇又一篇的日记。万朵拉粗略地过了遍，有一百多篇。最后一次记录是上个月了。

“她干吗要这么做？自己都不想活了，为什么要把自己的生活记录和感悟留给我们？”安阳开始质疑陆婷的做法。

“看看，有没有什么特别的地方，写了什么？也许还有别的用意。”苏丽诺从驾驶座上扭过头来说。

万朵拉细长的手指匆忙地从屏幕上滑过，想找到蛛丝马迹。

“还真有，看这里！”万朵拉和安阳的头凑在一起，在博客的最下方告示栏里。

“安阳，感谢你邀请我参加你的婚礼，让我感觉同学情意里的温暖。朵拉，最要感激你在我人生最失意时刻的陪伴。苏，你对来说最特

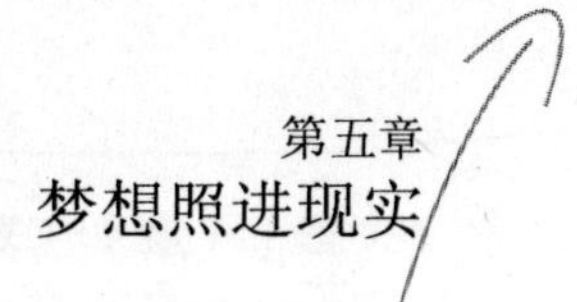

别。曾经我们的梦想都是一样的，周游世界，我想大声去歌唱，你想去画画去流浪，去看未知的一切。我的梦想终结了，希望你们的都能成真吧。”朵拉深情地读完了，车里一片安静。

苏丽诺开了左转灯，轻踩油门，把停在路边的车开上了路。此时她思绪翻滚，梦想真的是需要规划的吗？那样才不会走向一条错误的道路？不遵从内心的一定是错误的。即便是不能规划，也不能虚度光阴对吗？此时，她特别想给吉塔斯打电话，告诉他，她要走下去，把咖啡店开起来。他说的是对的。

苏丽诺在溜号的时候，车子在飞快地穿梭于马路。安阳及时地要求她靠边停车，夺回了司机的位置。苏丽诺坐在后面，思绪还没完全回来，她拿出手机，在手里上下颠倒着摆弄手机，很犹豫。

“我也是，很郁闷。这一年的最后一天，不好过啊。”万朵拉望着窗外嘟囔着，也同样没有从陆婷的震撼里回过神来。

“喏，问问他吧，看看有没有合适的位置租给我们。利用资源，我们全速前进吧。”苏丽诺在手机里快速输入了一串数字，按了接通键，递给了万朵拉。

电话响了五六声，被对方急迫地接起来，听声音就能分辨出对方多害怕错过了这个电话。

“喂？”万朵拉并不知道这串电话号码是拨给了谁，但隐约感觉接电话的声音很像廖杰。他声音醇厚，单单是一声简单的问候，就很有辨

识度了。苏丽诺和安阳在车里安静地听着万朵拉的单方面对话。

“呦，廖总？”万多拉故作震惊的语调，让坐在一旁的苏丽诺感觉十分不好意思，她瞪起眼睛，嘴角牵动了一下，鼓着嘴歪头看着万多拉表演。

“前女友就是前女友，冬天的蒲扇夏天的袄。哎，也不问问我好不好？呵呵，放心，她很好，好着呢！”安阳听见万多拉没正事地东拉西扯，一边开车，一边缩了一下脖子。

“有啊，找你一定有大事啊。晚上有安排吗？一起跨年吧，在阿诺家。”苏丽诺听完急着要从万朵拉手里抢电话。只听万朵拉说了句半小时后见，就把电话挂掉了。

“他说这就过来。”万朵拉把手机递还给苏丽诺，抿着嘴歪头笑。

“疯了你，叫他来干吗？多尴尬啊。”

“你把电话给我，不是要我叫他一起来跨年吗？”

“你觉得呢？叫个头啊！我是想起之前他托人提过一个很好的位置，让你问问那个位置还有没有了，尽快把咖啡店开起来。”

“我怎么可能知道你是要问这个？还不自己问？”

“你说这下怎么办？我不想见他。”

“什么怎么办？我刚短信约了梁超伟，他会带上咖啡店的甜点和红酒也在你家聚。安阳叫上老王，一起来哈。人生苦短，必须性感。我可不希望再浪费时间了。”万朵拉根本没有回答苏丽诺的问题。

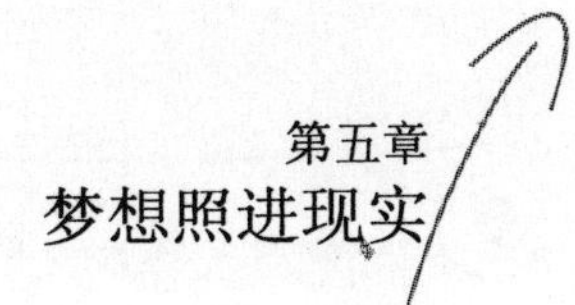

“你给老王打电话吧。这一年过得够烦了，你呀，非要在最后几小时也不消停。”安阳一边看路，一边跟万朵拉说话。

“你看不出来，阿诺刚才多激动？我的恋爱经历都能写辞海了，她那点小九九我一眼就能看穿，心里不知道多盼着廖杰来呢！阿诺，你不能什么事情都逃避，就算廖杰布了局，那之后人家那么费心找补，还不说明问题吗？给你打电话你不接，发短信也不看。暗地里帮我们找各种中介介绍房子，你都拒绝了。还有你那个导师林世亮，前几天不是也给你打过电话劝过你吗？”万朵拉看着黑洞洞的窗外，用手拨弄刘海。

苏丽诺不说话，她觉得有点紧张。陆婷的事情还没在她心里完全平息，沈波的消息也足够爆炸，难怪万朵拉当时用那种眼神看自己，的确是场有距离的恋爱，都是怎么谈的啊！至于廖杰，如果苏丽诺一定要面对自己的心的话，廖杰的确是那个让她心动的人。只是，筹谋和爱情混为一谈时，一切都变得不那么干净。苏丽诺陷在后座上，头枕着靠椅闭着眼睛。安阳的车后座空调不太好，苏丽诺觉得冷了，她安静地坐着，裹紧了大衣，似乎有种滚烫的东西正在她胸口跳跃。

三个人赶回苏丽诺家时，远远地就看到三个男人在单元门口聊天。

“这大冷天，怎么不在车里聊啊？”安阳心疼老王，一边熄火，一边嘀咕。

“看见梁超伟手里那瓶酒了吗？今晚就靠它了。”万朵拉趴在司机的靠背上，借着路灯看向他们道，随后没心没肺地开了车门下了车，踩着大高跟鞋跑向了梁超伟。

“不下来吗？苏？”安阳提醒着犹豫不决的苏丽诺。

“喏，钥匙给你，你们先上楼，我和廖杰在楼下有话说。”苏丽诺说着把钥匙递给安阳，随即也开了车门下了车，但她没走过去。

老王冻得脸通红，两手提着两个大袋子。一只是帮梁超伟提着的一个大盒子，传说那里面是蛋糕，刚做好的比萨，一只是他从家里拿来的菜。安阳把钥匙插进锁孔，咔嗒一声，单元门亮起了灯。老王一脸憨笑，牙齿洁白，在光里那么显眼。安阳忽然感觉到一种平淡的幸福，一种不论身在何处，都有人死心塌地爱你的幸福感，一时间，她也觉得自己温柔了许多，陆婷死了，飞身一跃，留给她们更多的不只是难过，而是一堂惨烈的课，要她们学着去珍惜。安阳接过来老王手里的袋子，转身看梁超伟和朵拉，朵拉正在上蹿下跳地把手捂在梁超伟脸上，看上去无拘无束，自然而然。没听这家伙提过和梁超伟到这个进展了啊！安阳纳闷地想。

廖杰在安阳的示意下走向了车子。苏丽诺此时正立在车旁，风从楼宇间轻松而过，留下一阵刺骨的冷。

“冷吗？”廖杰走近苏丽诺，低头问她。这句话仿佛打开苏丽诺心的钥匙，让她整个人都柔软了很多，不是带着满身刺防御的状态。刚在车上发呆时，苏丽诺的脑子里，设想了不同的场景，廖杰会开口说什么？道歉或者东拉西扯些别的？可他一开口，冷吗，却是苏丽诺

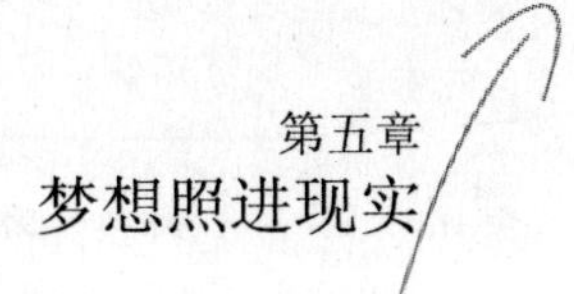

始料未及的。尽管只有两个字，苏丽诺却能感受到廖杰真正关心的只是她而已。

“还好，你呢？”也许是风太配合，也许是刚刚陆婷事件的打击，苏丽诺仿佛不再想去追究廖杰此前的一切。青春不容你等待，必须把握现在。逃避廖杰就能解决问题吗？事实上，这些日子，他们彼此过得都不好。

廖杰摇摇头，面带那种致命的微笑，仿佛要把苏丽诺融化掉，而此刻，苏丽诺不想抵抗。

“不接电话不回短信，还不能让你死心吗？”苏丽诺问。

廖杰又走近了一步，他张开双臂轻轻放在苏丽诺的肩膀上，四目相对，唯有风声从耳边经过。廖杰嘴角动了一下，欲言又止，轻轻地把苏丽诺抱在怀里。

“我为之前的事情道歉，对不起。可我不得不来，我忘不了你带给我的感觉。”廖杰的道歉和深情表白竟然是在一起说出来的，它们同时在苏丽诺耳边响起，苏丽诺什么都没说，她只是感觉新的一年要来了，她盼望的春天如约而至了。

跨年夜注定是难忘的。那一晚饭菜都很简单，厨房是开放的，三个男人在操作台忙活着。老王把带来的菜重新热了一遍，梁超伟开启红酒，摆放蛋糕和甜品。廖杰煮了咖啡，刷出六个人的杯子。朵拉和安阳窝在沙发上看跨年演唱会。苏丽诺坐在地毯上，头枕着安阳的膝盖，一边看电视，一边用眼睛瞄着廖杰。

“喝一口暖暖吧。”廖杰跪坐在她旁边，递上一小杯咖啡，浓郁的咖啡香气环绕在整个房间。

“不是说喝咖啡不好，要我戒掉吗？”苏丽诺接过来，歪头调皮地问他。

“让有咖啡瘾的人戒掉咖啡其实是很难的，虽然和戒烟戒酒有些不同。我最近查了一些网上的资料，才知道的。所以，我对你的政策打算调整一下。只有我煮的咖啡才能喝，不许自己煮，不许去喝咖啡店的咖啡。”廖杰伸出食指，轻轻点了一下苏丽诺的额头，苏丽诺看着他的眼睛，一脸幸福地点头。旁边的朵拉看得清清楚楚，便大叫起来：“前女友还在啊，有没有搞错啦，晒甜蜜吗？太刺眼啦。”

一屋子人都在万朵拉的大喊大叫中哈哈大笑，电视里，三流小明星们正在卖力地为跨年演唱会嘶吼。仿佛青春就是一副好嗓子，唱碎了才算。

“这种黑森林蛋糕只有港南餐饮配送的大师傅才能做出来。”万朵拉跳过老王带来的各种菜，直接拿叉子尝了一口蛋糕。

“功力见长啊。没错，就是那家的配送。不然一个小咖啡店每天自己做这些，那成本可就太高了。”梁超伟坐在万朵拉旁边，点头说。

“可是，我尝着这款抹茶芝士蛋糕的味道可不太像，难道你选了两家来配送？这不科学，而且结账退货都会造成麻烦。”安阳似乎发现了

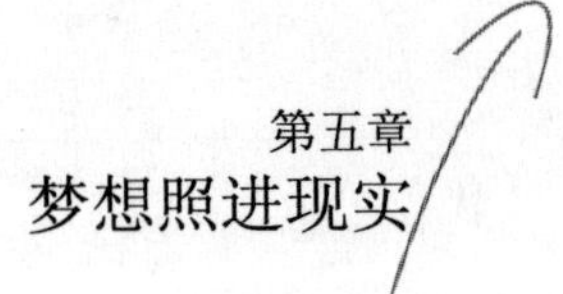

更不寻常的。

“据我所知，港南那家都是五星级大师傅，这款蛋糕也是有折扣的。想进货，大可以找他们啊？”苏丽诺举着叉子跟梁超伟讨论起来。

“原来以为你们开咖啡店就是说说的，没想到，这才多久啊，各个都是行家了。”梁超伟放下刀叉，很认真地回复，“没错，这款抹茶芝士蛋糕，是我自己做的，带给大家尝尝的。下面有惊喜哈。”

“不是吧，什么惊喜啊，梁先生？”万朵拉眯着眼睛，在蛋糕里刨，刨了两下就吃到了冰激凌。她开心地把蛋糕在梁超伟脸上抹了一把。梁超伟只是温柔地笑笑，用纸巾轻轻擦掉。安阳和苏丽诺在一边看着，这就是万朵拉，她从没有不必要的顾忌，当然这是在她最好的朋友面前，更不必顾忌什么了。她总能在何时何地都能这么天性自然地活着。生活不就是你在闹，他在笑，夫复何求！

老王举起红酒杯，轻轻和安阳的酒杯撞了一下，四目相对，温暖安静。廖杰将一只基围虾剥掉皮，在红酒里蘸了一下，送进苏丽诺嘴里。窗外的寒风抵不过一屋子的温暖，雪花开始飘落，落在这个给人无限期待的跨年夜。

主人随性，客人各个不当自己是客人。于是钟声敲响了，一屋子人还在忙着打牌。安阳和苏丽诺在收拾杯碟，聊着梁超伟不错云云。余下四个人已经开始玩得热火朝天，在脸上贴条了。安阳端着一杯咖啡，依偎在老王身边。廖杰歪头，示意苏丽诺坐过去，可这时，苏丽诺的手机响了，来自遥远的爱尔兰的号码。

“嘿，列侬，你还好吗？新年好！”分外安静的背景，苏丽诺想象着他仿佛站在空无一人的走廊上。

“嘿，男爵，新年好！”苏丽诺一边走向楼梯，一边跟廖杰耸肩，微笑着接听着吉塔斯的电话。

“新的一年，祝福你梦想成真。”

“你也是，梦想成真。”

“最近怎么样？有进展吗？”

“还好，我们每个人都为咖啡店的筹备很卖力，可是选址上不太顺利。不过没关系，我们不会放弃的。”

“可听声音，我并不觉得你有那么的开心啊？”

“你听得出来？”

“当然，我能感受得到。说说吧，为什么？你要知道，圣经里说，顾虑有时虽然合理，但如果过分的话，也就有了罪的成分。”

“晚上刚知道了一点事情，一个高中同学自杀了。她在遗书里，提到了她的梦想，我在想我的梦想和开一家咖啡店的关系。也许，我要的并不是一家咖啡店。只是因为我暂时失去了工作，我渴望像朵拉一样不用朝九晚五，才想到开咖啡店。其实，也许，呃，我是说，我的梦想也许不是这个。”苏丽诺在楼上的卧室里很小声地说着，她怕她的闺密们听到会伤心，也怕吉塔斯会听不清。

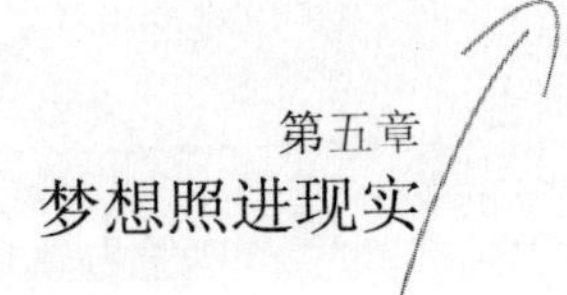

“哇，那要恭喜你，首先你迈出了第一步。明确你的梦想是什么，并为之努力。你已经在思考了。这很好。上次我说过，这是你实现梦想的第一步，要先攒钱，呵呵。那么，和朋友一起开咖啡店这个事情，会让你快乐吗？”

“当然，她们很开心，我就很开心。可同时，我也在纠结，自己的专业是不是全部废弃？每次从大厦楼下过，看到白领丽人的身影，也会怀念在职业生涯里一切很专业的自己。总之，人不能什么都占有，但是又时常分不清主次，找不到方向。”

“在我看来，你已经在路上了。”

“谢谢你，男爵。每次都是在说我，你呢？最近好不好？创业顺利吗？你的咨询公司怎么样了？”

“这个吗？还在市场调研中，你知道，聘请规划师不是件容易的事情。不过我在努力。”

“我也可以做你的垃圾桶，有什么要交换的糟糕事情吗？说出来，让我高兴一下吧。”

“哦，列侬，你这个家伙。没错，我打电话也不完全是为了听你的进展。你知道，我最近刚结束了一段关系，我又恢复了单身。嗯，我觉得一切很糟糕。”

“要讲讲吗，也许讲出来会好一点？”

“我其实，我其实，我其实很多时候不太知道怎么和女孩子打交道。记得吗？前一段时间为了给那位运动型小姐送礼物，还请教过你。”

“想起来了，你的确问过我。”

“我正是依照你的意见，给她送了一套漂亮的网球裙，是云朵白和蓝天蓝的搭配，好看极了。可惜她穿那种衣料过敏，所以在运动场上开始起包，四处抓挠。听说在更衣室换衣服时，还打出了火花。于是，我现在是她的头号敌人了。”

“哦，天哪，太让人难过了这故事。”苏丽诺一边说，一边忍不住爆笑出来。

“这回听上去是真的开心啊。人都是拿别人的不开心比照自己的开心，呵呵。那么，很晚了，早点休息，新年快乐！新的一年加油吧！”吉塔斯微笑着道。

“一起加油吧，祝您新的一年好运，走桃花运！男爵。”苏丽诺笑着轻松挂断电话，一蹦一跳地下了楼。吉塔斯是个摸不着看不到的人物，和他通话却总让苏丽诺觉得轻松愉快，备受鼓舞。

“跟谁打电话这么长时间？刚才廖杰说，中关村有个特别棒的底商，很适合做咖啡店。明天一早我们就去看看。”万朵拉贴了满脸纸条，仰起下巴，眨着大眼睛道，两根下唇上的纸条让她看上去像一只山羊。

“好啊，明天一起去。”苏丽诺边说，边温柔地坐在廖杰身边。廖杰看上去毫发无伤，牌运好再加上聪明，就可以一直保持面容清爽。

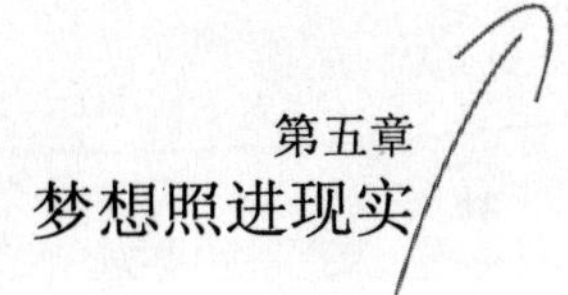

第五章

梦想照进现实

新一年的第一天，刺眼的阳光铺满房间。安阳从楼上下来时，看见老王正在煎鸡蛋。

“新年快乐老婆，过了这个年就三十岁喽。”老王一脸诚恳憨厚，扎着围裙。

“还没有呢，再过几个月才正式三十岁呢。”

“嗯，你在我眼里永远十九岁，就像大学一年级刚认识你一样。”

“天哪，这是怎么了？昨晚输牌输到姥姥家了，早上一起床就听见这么肉麻的话。”万朵拉收拾得光彩照人，一身她标志性的BabyMary休闲装，从楼上妖娆地走下来，又俏皮地趴在楼梯扶手上看着安阳。

几个人吃了早饭，便跳上车子出发，目的地是廖杰推荐的一处底商。安阳和苏丽诺都很紧张，她们在憧憬着房子的朝向，平方米数。万朵拉则在幻想怎么把各种稀奇古怪的家具摆进去。

那是中关村里一处办公大厦的底商，那间毛坯房在整栋大厦的一角。二百七十度的玻璃落地窗，让阳光充分地散漫在每个角落。备用厨房和操作间隐藏在薄墙的一侧。余下足足有一百平方米。几个人走在水泥地上，脑子里幻想着各种装修的模样。

“就这儿了，我太喜欢了。你觉得呢？”万朵拉几乎要在房子里跳舞了。

“这个位置的确不错。”梁超伟四周看了一遍，点头说道。

“同意。设计科学，布局完美。”安阳拉着老王看了一遍大厦的进驻公司名字，觉得大有潜力。

“日租价格是什么呢？”苏丽诺立在大玻璃后面，让阳光照在脸上，问向中介。

“抱歉小姐，这个铺位是客户预留的，只卖不租。”戴着牌子的中介先生，大冬天里只穿了一套西装，领带扎得严严实实。

“付款方式呢？”廖杰稳重地走过去，问道。

“一次性付款，三百万。要现金。房主急着出国，这个价格，这个地段，底商里那是再便宜不过了。”中介靠近苏丽诺，好像在说一个天大的优惠。

几个人是来租房的，没想到这初步投入就要上百万级，于是都沉默了。

“行，就三百万。这房子我们定了。给你留我的电话吧，后面怎么签约，怎么交易咱们再约。”万朵拉气势如虹，富二代底气十足，几个人拦都拦不住。

送走了中介，廖杰开始跟大家道歉，他也没有想到事情是这样的，原本只是提个靠谱的线索，谁想到来了以后是这么不靠谱。大家纷纷表示，这哪能怪廖杰啊。

正说得热闹，廖杰接了个公司电话，匆匆忙忙地走了。走时，他拉苏丽诺到一旁说，如果钱上为难，需要帮忙，他十分愿意，只要苏丽诺开口。苏丽诺满脸带笑，默默点了点头，推着他的后背，让他快走。

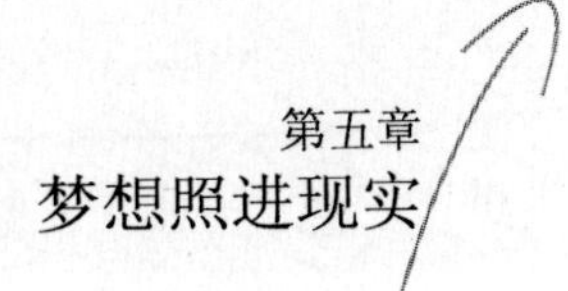

第五章

梦想照进现实

廖杰走后，几个人来到附近的咖啡馆，安阳和苏丽诺都在劝万朵拉再想想，哪里来的这么一大笔钱呢？但是万朵拉似乎下定了决心，着了魔一样。不过梁超伟倒是佐证了中介的说法，连他也觉得咖啡店是微利生意，如果房租太高，就等于给房东打工。如果有可能把房子买下来，倒是个很好的投资方式，只是这首次投入不菲，但也物超所值，这价格买一间民宅都下不来，简直是天上掉馅饼啊。

老王见安阳有些为难，便主动说：“我听安阳的，你们姐妹要是决定了，我全力支持。我们有二十万存款。”安阳欣慰地看着老王。

梁超伟也提出，如果需要，他愿意帮忙。苏丽诺也盘算了一下自己原本打算去读商学院的老本。可是几个人凑一下还不到三分之一。余下的要怎么办呢？安阳提出了贷款，其他人都没什么想法。苏丽诺驳了安阳，对方要的是现金。她很想说，要不我们算了这次，这机会来得突然，也很急迫不是吗？

“这是机会，我们不能错过了。如果决定了，我就请我老爸出钱。”万朵拉又开始了那股天不怕地不怕，啃老到底的劲头。

“不是说了吗？咱们开咖啡店，你得脱离对你爸爸的剥削，要独立起来，这才第一步就又想到啃老了。以后生意赔了，是不是又回到原来的状态啊？”苏丽诺质问万朵拉。

“对方限定了交款期限，一个月内，要是交不出钱，就另找买主了。实在不行，我就卖套房子。”

“不行，现在是交易的低迷期，你卖房子就亏得更大了。再说，就算是卖房子，一个月就能收到现金的可能也太渺小了。”苏丽诺阻止她，脸转向路边，新一年的阳光洒在路沿上，闪闪发光。一个提着手提包的男人正在咖啡馆外打电话，那人的背影苏丽诺如此的熟悉。等他挂了电话便转身进了咖啡馆，门上的风铃叮咚响个不停，传来一阵焦灼。

看得出他想买杯咖啡，然后在这里工作。苏丽诺很想避开他的目光，怕对方认出自己，但是无奈，那人一推开咖啡馆的门便看到了她。

“香草拿铁，谢谢。”他风度翩翩地朝吧台扬了一下手。然后朝着苏丽诺点头微笑，手叠在咖啡桌上，包放在另一只座椅上。抬手示意苏丽诺过去坐坐。

“我过去一下。”苏丽诺跟朋友们打招呼。

“谁啊？”万朵拉来了劲头。

“原来老板。”

苏丽诺走过去，坐到Tom对面，Tom还是老样子，头发一丝不苟，看上去容光焕发的样子。自己现在是不是很糟糕啊？苏丽诺在心里没底气地想。

“几个月不见，怎么样，还好吗？”Tom将身体靠向椅背，讲话还是那种让人作呕的盛气凌人的德行。

“还好，一直休息。”

“听说你打算创业？”

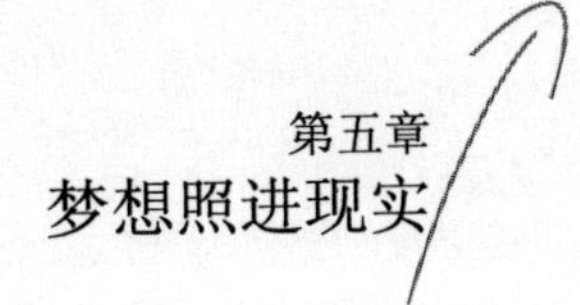

“是啊，想做点自己的事情。”苏丽诺早就见怪不怪了，这个世界没有真正的秘密，所谓秘密也不过是些信息不对等，没有传达到而已，迟早的事情。

“怎么样？还顺利吗？”

“还好吧，按部就班。不过创业难免遇上小问题。”

“还是老话题，我想邀请你加盟我的公司。上次没有机会跟你提薪水，我今天就重新提一次。年薪八十万，只负责一个项目。中标奖金千分之五，团队共享，项目期三年，分三年付清。”

苏丽诺在心里被这个数字震惊到了，这是她年薪的两倍。如果综合体项目价值几个亿的话，奖金也足够丰厚了。她不爱钱，可是此刻她却没有一口回绝的勇气。也许，她还一直觉得自己缺少一个能展示自己的平台。

“你可以想想，再接受，但是我也希望快。我也知道你和廖杰的关系，没错，现在我们的关系是针尖对麦芒。也不妨告诉你，我请你来主持的项目就是他也在竞标的京郊度假村项目。”

“那为什么还选我？”

“我了解你，也信任你。无论你和廖杰的关系如何，你都是有职业操守的，至少正直。”

“谢谢你Tom，还这么信任我。不过，我想，我要好好考虑一下，要估计我朋友的感受，也要，和廖杰商量一下。这个机会真心说还是很难得的。”

“没问题，我能理解。”

“于浩怎么样？”

“他在内蒙古一个项目里做主管，你过来和他没有交集。这个项目里我选了Mike梁，你不介意吧？”

“不会。不过我真的不能马上决定。抱歉。”

“没有任何问题，限期一个月。你不能决定的这段时间，我也要做些准备，Mike他们已经开始驻扎在京郊了，做前期调研。你的位置，他在代理。希望我们有合作空间，你的表现我很期待。”

苏丽诺很为难地笑了笑，除了咖啡店的梦想，她找不出不接受的理由，可那真心是万朵拉和安阳的梦想，不是吗？风光的事业，体面的职位，丰厚的薪水，这都是她毕业八年来一直追求的啊。如今天上掉了馅饼，自然不想轻易放手。

除此之外，苏丽诺还有一个隐忧。多年来，她一直负责南区项目，从没有参加过北区业务的政府宣讲。想到这个问题，她沉默了。

“我和小薇，有了好消息。跟你报个喜吧。”Tom拿起拿铁喝了一口，面露一种难以捉摸的喜悦。

“嗯，恭喜。”苏丽诺心里荡起一些莫名的想法，似乎有些不合常理的不服气。Tom不是她的菜，可是为什么听到小薇的消息，自己这么坐不住呢？是害怕看到人家幸福吗，还是对非常规手段得到的爱情表示

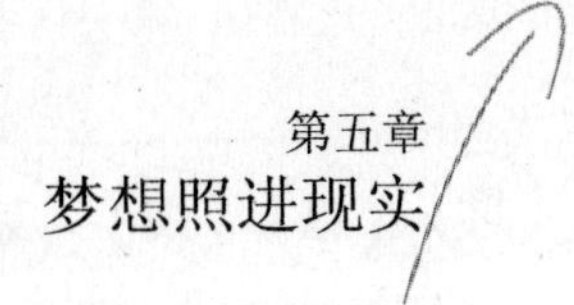

不屑和嫉妒？她自己也不知道。

“圣诞节领了证。我和我前妻是和平分手的。你也知道我们没有孩子，我基本上算是净身出户。小薇，她怀孕了。这对我们的感情来说，是种肯定。”

“喜上加喜，更要恭喜您了。改天吧，我们再聚。我那边还有朋友，失陪了。”苏丽诺说完起身道别。Tom望着苏丽诺的背影，手指在咖啡桌上更有节奏地敲击，似乎在思考什么。

万朵拉还是决定了要搏一下，三个人把能凑到的钱算了一下。余下的两百一十万想从万爸爸那里借。安阳和苏丽诺不知道万朵拉怎么跟万爸爸说的，反正晚饭时候，万朵拉打来电话说万爸爸同意了，下周一中午在中关村那家中介现金交易。

“富二代的好处，钱能搞定的问题都不是问题。”安阳看着饭桌旁的苏丽诺说。

“是啊，我们倾其所有，朵拉总是轻轻松松。”苏丽诺放下筷子，她心里想着Tom的邀约，有些犹豫了。

“想跟你说件事情。”安阳倒先开口了。

“嗯？”

“我去面试母校的实验室了。是我博士研究方向。如果被录取，就可以回学校了。再也不用听什么乱糟糟的报告，参加没完没了的政治学习，开那种不知道哪一站算是头的会议。是国际大实验室，同事也都是老外科学家，我们的项目是领先前沿的。我去负责这个实验室的中国部分。阿诺，我觉得，只要是能全心做实验，研究我想做的事情，就很开心。”

“这机会太好了，安阳，你怎么不去试试？”

“我们筹备咖啡店这段时间我突然觉得自己不是死水一潭，还有很多机会和动力，去寻找和实现梦想。每天都精力充沛，仿佛心里有个什么事情总让人很兴奋。刚好我导师有这个机会，如果放在从前，我还是会前思后想。算计放弃了什么，在研究所这么久的职称啊，年终奖啊，位置啊之类的身外之物。但你的梦想规划师说得对，梦想是需要规划的。我读了硕士，博士，一路走来，不就是为了能研究我想要研究的吗？这是我为自己规划的路，我的梦想，我要走下去。”

“恭喜你，安阳。不过，咖啡店呢？”

“那是朵拉的梦想，我们要帮她实现。我去学校也要下半年才开始，这段时间，就全力支持她把店开起来。我和老王这次也是倾囊而出的。”

“明白。我其实也有难开口的事情。今天找我那个人是我原来的老板Tom，他请我去他的公司。”

“你要去吗？”

“那个项目我有些兴趣，再这样待下去，估计专业也就废掉了。薪酬也很丰厚，也许还能帮到我们的创业。”

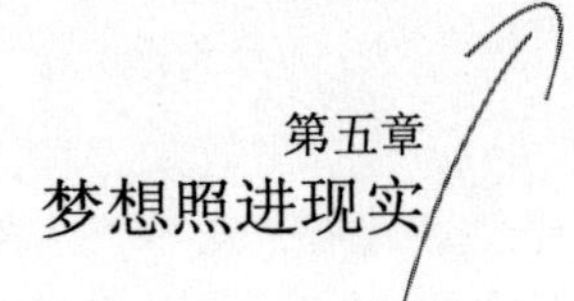

“这是你真心想做的事情吗？你不是刚刚跳出来吗？”

“也许不是，我不知道。只是觉得那些外在的东西，钱，位置，人前的状态，依然能够吸引我。除了不能全心投入咖啡店的事情，还有让我为难的，就是Tom和廖杰是竞争关系。”

“那你一定要想好，至少不能为了这个事情，影响了你和廖杰的关系。”

“我要怎么跟他谈呢？”苏丽诺把手沿着额头的发根插进去，将刘海拢到后面，盯着桌上的菜。

“那就再想想，你也不是非去不可的。是吗？”

“嗯，我没想好，只是觉得是个机会。”

苏丽诺话音未落，手机便响起来。廖杰打来电话，要来安阳家里接苏丽诺。

两人在安阳家楼下见面，坐进廖杰的车里，苏丽诺觉得很不安心。

“怎么，看着心事重重的？那个房子的事情怎么决定的？”廖杰边开车边轻声低问。

“朵拉还是坚持要买下那个铺位。我和安阳倾囊而出，朵拉的爸爸赞助其他的部分。”

“其实也不用非这个铺位不行啊，这个决定是不是太仓促了？只是个机会而已啊，可是机会还有的是。”

“我也觉得一天之内有这种变化太紧张了，都没来得及好好想想。

可是朵拉执意要这样。我和安阳都觉得多少亏欠她，想全力支持她搏一搏。她爸爸下周一备齐现金。”

“你为什么觉得亏欠她？因为我吗？”廖杰把车突然停在路边。

“不是，不是你的原因。”苏丽诺的心咚咚地跳，要告诉他自己的想法吗？

“爱情是来去自由的。我想你就是那个我一直想要找的人。在你之前，我只能说遇到的都是错的人，包括朵拉。在你之后的事情，我想都不敢想。但是现在，我只想跟你在一起。你没有亏欠过朵拉，我也没有。记住了。”廖杰转过脸，眼睛里有一汪深不见底的湖水。他拉过苏丽诺的肩膀，最后几个字一字一顿地说。

“今天，”苏丽诺想跟廖杰坦白今天Tom的邀约，可是她说了一半又咽回去了，“一切来得都太突然了。”

“呵呵，我还以为女超人不怕表白呢！”廖杰拿起苏丽诺的一只手，放在自己的掌心上，然后屈回四指，紧紧相握，“我要你开开心心的，像安阳婚礼上在草地上一样。”那一刻，苏丽诺觉得特别幸福。

廖杰和苏丽诺回到公寓时，已经快九点钟了。他们在电梯里忘情地拥吻，似乎都忘记了世界上还有另一些人。随着电梯叮咚一声开门，楼道的灯光也亮了起来。舅妈提着一只箱子靠在苏丽诺的门口。

“阿诺，恭喜你。”舅妈就有这种临场不乱、人来疯的劲头。这年轻时的同传翻译，到老了也是反应机敏，当仁不让。

“舅妈？您怎么在这儿啊？”苏丽诺感觉好丢脸啊，十分不好意思。

“你舅舅去欧洲考察了，我自己无聊，来找你住几天。没想到，看到好戏，我中奖啦。这就跟你妈妈汇报，哈哈，我们阿诺要在三十岁之前嫁出去啦。”

“胡说什么啊舅妈！这是，我朋友，廖杰。这是我舅妈。”苏丽诺一张大红脸，一边不住地把头发往耳朵后面别，一边低头匆匆忙忙地去开门。

三个人进屋，舅妈就像少女一般，优雅地斜坐在沙发上。

“我这儿没你那些养生的茶具，凑合喝咖啡吧。”苏丽诺一阵忙乱地开始准备，明显对舅妈不请自来有些恼羞成怒。廖杰跟舅妈点头笑了一下，起身去帮忙，还轻声在苏丽诺耳边说：“去陪舅妈吧，我煮的你才能喝，自己煮的不算。”苏丽诺耸肩孩子般笑着回到沙发上。朝廖杰的后背眉眼飞扬了一下，问舅妈的意见。

舅妈若有所思了半天，很缓慢地点了点头。苏丽诺觉得舅妈有话没说出来，但是碍于廖杰在，又不好问。

那天廖杰走得很早，舅妈没有多问廖杰任何事情，这让苏丽诺觉得很开心，要是她妈妈在或者家里其他姑姑婶婶在，一定围着廖杰没完没了地问，庸俗又小市民，她不喜欢那样，那样会让她在廖杰面前丢人。白天的事情让她烦心，加上晚上廖杰的表白，她跑去泡了热水澡。好好宣泄了一下心跳和焦灼的情绪。

裹着头巾出来时，看见舅妈正在看自己带来的光碟，她喜欢看那些东欧的文艺片，有些沉闷，很多时候高雅是装给别人看的，可是舅妈这里不是，舅妈的高雅是骨子里的。她从不告诉你她在看什么书，听什么音乐，喜欢什么偶像，一切都像从她骨子里散发出来的，不做作，自然而然。这一点是苏丽诺喜欢和崇拜的。难怪安阳和朵拉也那么喜欢舅妈。

"阿诺，你和廖杰认识多久了？"

"安阳婚礼上，不到半年吧。"光影重叠里，屏幕是大片的向日葵地，阳光刺眼，让人想睡着。苏丽诺对东欧语言一窍不通，她看不懂便觉得索然无味。

"还是原来的判断，小伙子真帅，年轻有为。"

"你就那么流于外表？没点内在的评价？"

"恋爱是个人的感受，甘苦自知，你该有纯粹的恋爱，不被任何人左右的恋爱。"

"可你没回答我的问题啊。"

"我还是老意见，这小伙子看着很眼熟。不过，相处是你们的事情哦。"舅妈拉过靠垫抱得紧紧地，专注地看她的文艺片。

苏丽诺做了个鬼脸跑着上楼了，舅妈听见她睡熟了，鼻息声渐渐稳定。于是开始跟舅舅通电话，站在阳台上，借着月光，能看到她表情流水一般从容自然，但是仿佛谈到某个问题上，眉头皱在了一起。月光洒进客厅，有种清冷逼人的感觉。

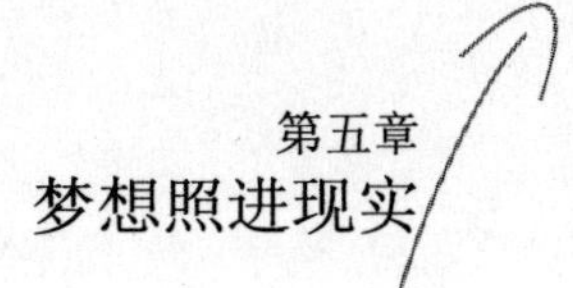

第五章

梦想照进现实

接下来的一周，每个人过得都不轻松。安阳和苏丽诺有种相同的复杂心情，她们愿意赞助最好的姐妹，可是如果万朵拉知道这不是她们共同的梦想，其实只是她一个人的，并且最后经营店的只有自己时，她会怎么想？朵拉也并没有想象中那么自在，她在找人四处核算哪里的房产值得放弃，她内心里并没有那么想要啃老，毕竟她和她爸爸的关系并不怎么样。她恨他，恨他和妈妈离婚，恨他们各自组成了家庭，弃她于不顾。除了生命，他们能给她的、给过她的也只有钱了。

按照约定的时间，安阳请了周一的假，和老王最先赶到了中介办公室，几十万现金不是小数目，老王抱着装着现金的包，感觉有些舍不得。安阳明白老王的心思，可是说出去的话，不好收回。

苏丽诺赶到的时候，廖杰已经到了。两人在停车场遇见，廖杰接过提包，见苏丽诺表情很凝重，廖杰的手穿过苏丽诺的头发，轻轻安慰她，然后牵着苏丽诺的手走进了中介办公室。梁超伟先于万朵拉，正在和安阳看那份合同，基本上没有什么太值得担心的。卖方人并没有出现在现场，而是一个穿戴入时的女人拿着一份委托书等候着。万朵拉来的时候，发现她爸爸没出现，于是一遍一遍地开始打电话催。老爷子一直没接电话，这让所有人都悬着心。二百多万不是小数字，可如果悄无声息地带上私家车，开车过来，应该也不是什么大问题。可是，人都是这样，容易在不确定面前，胡乱猜测。这种不安定的猜测放在每个人心里，整个气氛都乱了。廖杰也很紧张，他紧握着苏丽诺的手，苏丽诺想，廖杰已经融入到她的朋友圈子了，觉得很开心。

买方和卖方加上中介，十几个人等了快两小时，万爸爸也没出现。万朵拉这下急了，她打算开车出去迎一迎，拉着梁超伟就往外走。这时，手机在她手里狂想，是个陌生号码，这让又急又气的万朵拉平静了一下。气鼓鼓地接起来，她整个人都傻了。拿起车钥匙就往门外冲。

“怎么了，朵拉？”安阳和苏丽诺围过来。

“我爸爸住院了，在人民医院。刚打电话的是警察。他在地下车库，被抢劫了。”

“人怎么样了？”

“还不知道，昏迷状态，我要现在就去。”

“阿诺和梁先生陪你现在去医院，我随后就到。我们几个跟中介还有卖家交代一下，看看暂停交易还是延时再说。”

“好，我们走啦。”万朵拉慌慌张张地冲出了大门。

苏丽诺怕万朵拉驾车出事，于是接过了钥匙。梁超伟和万多拉坐在后座，万朵拉有个毛病，在极度紧张时，她会不自觉地抽搐。苏丽诺知道，她曾经讲过小时候她父母吵架，摔东西，她吓得躲在柜子的一角猛哭，很多时候哭着哭着就睡着了。这个毛病就是那个时候落下的。梁超伟揽过万朵拉，在他的臂弯里，万朵拉慢慢平静下来。“有我呢，放心。”

苏丽诺在开车，她听见了这句话，感觉鼻子发酸。朵拉这些年当集

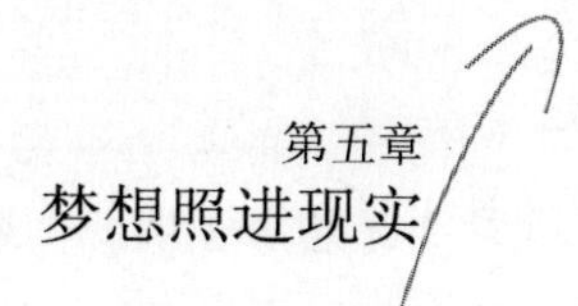

邮女王，除了对婚姻的不信任，还有就是对男人的不信任。她寻找的正是这种可以依靠的感觉。也许这次她选对了。

匆忙赶到人民医院的几个人，在警察电话指引下来到ICU病房。万朵拉从没想过会经历这样的场景，警察还在走廊上和医生交换意见。

"我是万宝胜的女儿，我爸爸情况怎么样？"

"除了轻微外伤，病人情况一切稳定，现在在ICU病房观察。轻微脑震荡，但是过度惊吓引起心脏监控频率异常，我们可能需要监护一段时间。他有什么病史吗？"医生一边拿着病历卡，一边问回万朵拉。

"我不知道，我们很多年没生活在一起。我可以见他吗？"

"现在不行，等里面监控的护士撤出来，家属才可以进去。"

"我知道他的情况，他前一段时间血压高，刚刚戒了烟酒不到三个月。他还有点血黏稠。"一个声音从背后传来。万朵拉这才注意到说话的女人，是她母亲，她也在现场。

"怎么是你？警察也通知你了？"

"她是目击证人。"另一个声音响起。循声望过去，穿着一身笔挺制服的警察立在那里，眉宇英气十足。

"彭湃？怎么是你？"苏丽诺意外地发现舅妈介绍的相亲对象在这里。

"抢劫案，伤人，还牵扯巨额款项。管片民警就交由市局了。我负责这个案子。我会尽力调查，各位放心吧。"彭湃讲起案子来干脆利落，一点没有在舅妈小院里的扭捏。梁超伟和万朵拉第一时间冲进病房看万爸爸，ICU病房限制探视的人数，所以万妈妈和苏丽诺没有机会进去。

之后，彭湃让其他民警带万妈妈回警局画像，自己则留在医院等受害人苏醒，想了解第一手资料。坐在空荡荡的走廊上，苏丽诺和彭湃都觉得有些不自然。

苏丽诺讲了早上的情况，又着重讲了买商铺的整个过程。这让彭湃有了基本的推断，但是他没有完全说出来。

“你感觉问题出在哪里？”

“各个环节都有问题。万先生是生意人，可能对提着百万级的现金四处走习以为常。但是不寻常的是有人掌握了他出家门去送钱的时间。”

“对了，万妈妈怎么会在现场？他们离婚好多年了。”

“是，两人各自死了后老伴，暗自交往了好一段时间了，怕女儿不同意。正好这次送钱是个很好的契机。没想到就出了事情。”

“那万妈妈看到什么了？”

“据她讲，她看到那个蒙面人提着棍子从后面打倒了万先生，然后抢走了拉杆箱，据说里面有两百一十万。因为她是先到的车库，并坐进了副驾驶的位置，她的角度是通过玻璃的侧面，看到了整个过程。她尖叫了，可歹徒没有继续伤害她，带着拉杆箱拔腿就跑了。”

“可是，朵拉期间一直联系她爸爸啊，都没有人接。”

“手机可能遗落现场了。”

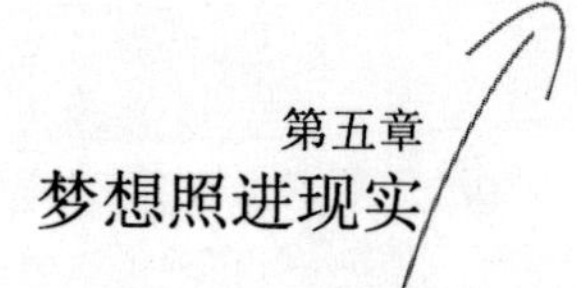

“嗯，这样讲就明白了。人没事就好。凭你的经验，钱还追得回来吗？”

“那个位置监控录像是死角，不过有万妈妈的画像，应该能帮上忙。放心吧。”

彭湃不肯离开守候区，执意要等病人苏醒。于是苏丽诺去买了盒饭，期间给安阳打了电话，通报了情况。安阳她们正在往医院赶，她那边的情况不太好，卖家要求尽快付款，否则就卖给其他人了。她们在电话里意见是一致的，两个人都觉得当下的情况是集中精力救万爸爸，房子的事情可以缓缓。

朵拉从病房出来大哭了一场，听完苏丽诺讲的原委，她平静了好一会儿。梁超伟一直在她左右。

“他们要复婚？”

“是啊，老人一辈子不容易，别再添乱了。听医生说你爸爸问题应该不大。只是钱没有了，对老人先别提，打击太大。”

“阿诺，我太没用了。是我把我爸爸害成这个样子的。我本想这次借钱做点事情，以后自力更生，还给我爸爸的。”万朵拉说着说着又大哭起来。

“别难过了，不怪你。”

“好不容易经营的梦想，就这么碎了？”

“我们想想办法，你现在的当务之急是照顾好你父母。开店的事情，交给我和安阳吧。”苏丽诺安慰朵拉，可是一想到两百万的亏空，要从哪里筹到啊？廖杰吗？不知道为什么，苏丽诺觉得她没办法和廖杰开口借钱。于是便想到了Tom。

苏丽诺和Tom约在前一次见面的咖啡店。Tom还是春风得意的样子，靠在椅背上，气势逼人。苏丽诺心里突然产生了一种厌恶，这样盛气凌人的家伙怎么会到今天呢？连于浩那种卑鄙小人都不是对手，自己真的要和他合作吗？

“怎么样苏？想好了？”

“嗯，如果我接受了你的聘书，你能预付工资和奖金吗？”

“怎么？有缺钱的地方？不必用这种方式，你大方借款就好，我会考虑的。”

“不是借，我想用自己的工资来换。”

“你的筹码是什么呢？工资可以预付，我们有合同为证。奖金可是跟项目挂钩的，你怎么能保证招标一定能成功呢？”

“我不敢保证，只能试试。如果投标不成功，到时我再来偿还这笔借款也不迟。我们可以立字据。”

“爽快，你要多少？”

“两百一十万。”

“没问题，那你什么时候能投入工作？

“随时吧。”

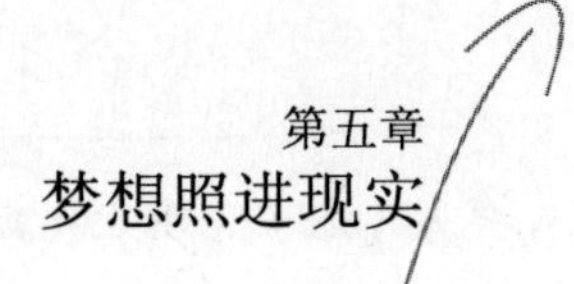

第五章
梦想照进现实

苏丽诺不知道自己是怎么离开那家咖啡店的，她拒绝了Tom送她，独自打车走了。她去了她们毕业的母校，在空旷的操场上，对着冬季的校园大声喊。她不知道自己为什么这么做，是心底本就想接受这个位置，只差一点契机，还是她想在钱上打败一次万朵拉？不知为什么，她脑子里都是高中时一起出去玩，万朵拉抢着埋单的情节，也许那时候有意无意地伤害到了苏丽诺。苏丽诺家里不算富有，甚至可谓清贫。但是她没觉得这样就低人一等，可是她最好的朋友万朵拉却偏偏很喜欢炫富，并且不遗余力地用钱维护她们的友情。这成了苏丽诺心底最不愿意接受的。

她拿出手机想打个电话，可是找了一圈，觉得唯有吉塔斯最安全。

“列依，嗯，还好吧？没关系，你都打来了。”吉塔斯那边声音窘迫，他喘着粗气，感觉他置身于动物园，嘶吼声不绝于耳。

“打扰了，你在？嗯，抱歉，我是不是耽误你的事情了？”

“没你想得那么浪漫，我在，算了，不解释了。怎么了？听上去垂头丧气的，掉了钱包吗？”

“俗气，情绪不好就是丢钱了吗？”

“小姐批评得对呀。那说说吧。”

苏丽诺开始把Tom如何狡诈，咖啡店如何要现金结账，万爸爸的遭遇一股脑地讲了一遍。最后讲到了自己接受Tom邀约的经过。

“把自己贱卖了？”

"哪有贱卖？两百一十万人民币啊。"

"有标价的都是贱卖。"

"好吧，你怎么看？"

"第一，你不是意气用事。世上所有意气用事都是有前提的，你是蓄谋已久才对。你想试试自己有多强大，同时还想证明给你朋友看。你是成熟的职场人，这种意气用事只有你自己知道目的性。记得我跟你说过的话吗？"

"别人看到我们的行为，上帝知道我们的动机？"

"没错。第二，我只是个毫不相干的人，不得不问问你，Tom为什么选择你呢？你有泄露机密的嫌疑，因为你男友的关系。又不是那么出类拔萃，这从上次你去面试我就知道了，你遇事容易紧张，这不是一流人才的素质。那么你不是无可取代的，他为什么要选择你，还是大价钱？"

这问题像一个巨型水蛋悬在苏丽诺头上，她被吉塔斯的问题难住了。如果一定要给个答案，那么她心里那个隐忧越来越明晰。她甚至想到了廖杰曾经那么处心积虑地争取自己是为了什么，难道为了同样的动机？可这一切说不通，没有人知道她的秘密。

苏丽诺十分感谢吉塔斯的帮助，同时，她开始觉得这一串事情的复杂性。廖杰和Tom到底是什么关系？鸽哨从干冷的远空传来，留下一片清冷，天转瞬便擦黑了。

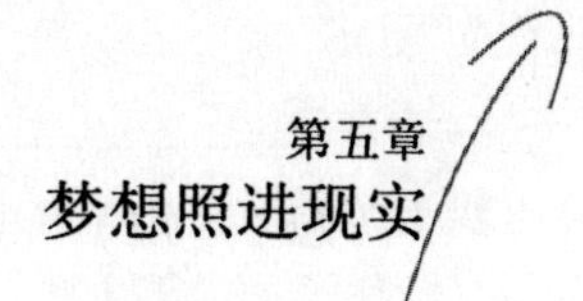

第五章

梦想照进现实

晚饭时，苏丽诺第一次去了廖杰公司，廖杰有事情没有处理完，于是两人决定在他办公室吃外卖。

等饭的空当，苏丽诺坐在沙发上，看着廖杰办公室的装修，由衷地喜欢，她心里想到了一个很有趣的问题，那就是如果按照廖杰的品味装修他们的婚房，她一定也是很喜欢的。欧式简约风格为主，枫木色系，舒服简单。电子化设备一应俱全，房间里有股淡淡的松木香水味道。廖杰在电脑前忙碌着，好像是林世亮发来的报告问他意见。

“廖杰，你忙我就出去等你吧。”

“不用，你说，我听着，没关系。你导师的邮件我一般看几遍，事无巨细，思虑周全。是我们学习的样板。”

“嗯，我之前也这样研究他的报告。”

“你今天见到Tom了？”

“听谁说的？”苏丽诺心一紧，轻握着茶杯的手动了一下。

“他在公司宣布了你任职的消息，圈子就这么大，你重出江湖，哪有不知道的人呢？”廖杰没抬头，继续看邮件。苏丽诺觉得他是在闹情绪呢。

“你要听我解释吗？”

“不要，我相信你的判断。而且，你是个有原则的人，我也不会从你那里套出任何商业信息。”廖杰笑笑，看着苏丽诺，仰了仰下巴。

“这么大度？”

“从前犯过错误，动过歪脑筋，我可不想再被你开除了。”廖杰停下手里的键盘道。

苏丽诺有种不真实感又一次袭来，不知道为什么，她开始有意识地拆解每一个元素，直到她认定一切都是安全的。这让她觉得头疼。

两人吃过晚饭，廖杰要接着开会，苏丽诺便赶往医院，梁超伟，安阳和老王已经在那边了。倒是朵拉没在，说是被她妈妈叫走了。这几天的相处，胜过从前数十年的日日夜夜，特别是在她爸爸受伤、妈妈要求复婚的时候。朵拉缺乏完整的爱，温暖的一家人，简简单单地相守，这才是她心底一直盼望的。

万爸爸已经清醒了，见到苏丽诺和安阳很开心。病床被调成了三十度角，老人仿佛很久没这么热闹过了，一边吃着安阳削的苹果，一边跟苏丽诺讲当时的情况。

“我当时表现还是很勇猛的，说时迟那时快，他一出现，我一个猴子捞月，他就，把我打倒啦。”病房里传出笑声，让人松了一口气。他还不知道钱被抢了，只知道自己被打倒了。讲起来跟评书一样。医生害怕他心脏受不了，钱没了的情节一概隐瞒了，就说是朵拉已经拿到手了。

老人情况其实已经相对稳定了，但是还是赖着ICU不走，好在医院也同意了，毕竟年龄在这里摆着，又的确有心律不齐的征兆。他悄悄跟安阳说，这样她们母女俩才能把他当回事。年轻时犯了错误，大半辈子都过完了，他想好好珍惜这两个人。

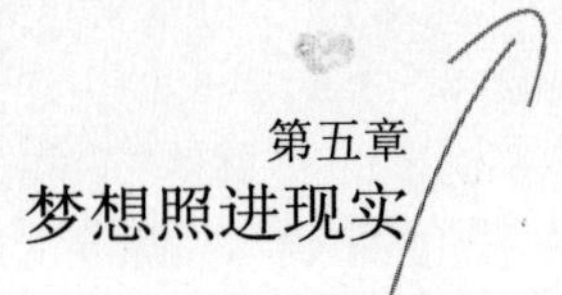

走出病房，走廊悠长，冷清。苏丽诺坐在椅子上，跟安阳说，她弄到钱了。

“怎么感觉那么不对劲呢？他凭什么那么看好你啊？”

“羡慕嫉妒恨是不是？”

“小狗才是呢！你好好想想，这不合常理啊。”

“让我去试试吧，也许更大的阴谋等着我呢。天知道！放心吧，至少咖啡店的钱咱们筹到了。先别告诉朵拉，悄悄进行吧。这事拜托你和梁超伟了，我估计下周就得开始进驻新项目。我也知道是个雷，但是不知道在哪里炸，而且，我怀疑……”苏丽诺说不下去了，她不想拆穿谁，也没有办法自我否定。

“怀疑廖杰？”

“不知道，走一步看一步吧。”

六

给未来的自己

我们无法让梦想成为一场勉为其难，唯有坚守最初的梦，一往无前。过去不留，物来则应。

第六章
给未来的自己

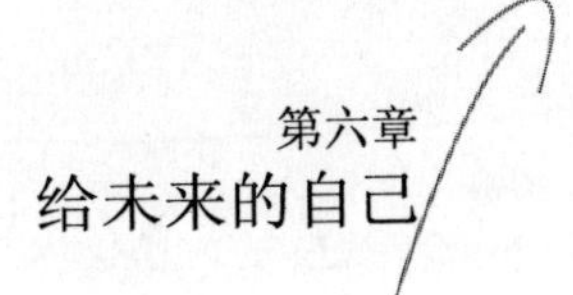

苏丽诺进驻Tom公司的第一天就发生了怪事。坐落在西山别墅区的办公小楼格外低调，苏丽诺把车停在公共停车场，徒步走向办公室，远远地她看见几个人，正从另一侧向办公小楼靠近。其中一个人走在其他人前面，一闪便消失在苏丽诺的视线里。那人该是走进了这栋别墅。苏丽诺走进去，迎面碰见保洁的阿姨，她热情地招待苏丽诺去二楼办公室。

那是一间有落地窗，且风景极好的房间，虽然满眼都是冬天的萧瑟，但是自有被自然环抱的亲切感。

“Tom吩咐了您就用这间办公室。这边平时上班的人不多，一般都是家里办公。他昨晚出差了，说是您的工作已经发了邮件给您了。”

“谢谢您。您怎么称呼？”

“章，立早章。”

“不是什么名贵的茶，但是江南春天的新茶，喝个清爽。您别客气。”苏丽诺从提包里拿出一盒茶叶交给保洁章阿姨。她不是单纯来工作的，她想利用Tom和于浩曾经用过的方式，逐步接近Tom的计划。

“您太客气了。我平时就在半地下室，有事情您招呼我。”

“好的，那您忙吧。对了，早上公司里是不是有会议？我需要参加吗？”

“没有会议啊。哦，您说的是三层那间大会议室吗？最近被征用了，几个咨询师在那边做头脑爆炸。”

“头脑风暴吧？”

“哈哈，没错没错，你们有学问人的名词，说错了，让您笑话了。”

苏丽诺在最短的时间里，和保洁打成了一片。待保洁走后，她走上三层，在一扇门前，拨通了林世亮的电话，结果，门里的电话铃声大响。此时苏丽诺更加肯定了自己的猜测。

苏丽诺在接下来的几天里只见到了Mike梁，他态度不冷淡也不热情。原本预计的一起工作的团队，苏丽诺一个人都没有见到。苏丽诺发现，Mike梁掌握的资料并不是最新的，也不是Tom在咖啡店里许诺的第一手调研资料，单凭这些很难进行进一步的规划，更别提写出标书。

“怎么样？过来Tom公司还习惯吗？”Mike梁端着一杯现磨咖啡，靠在茶水间的窗前，眼睛盯着不远处的山。

“还好。休息了一段时间，这份工作总体看没什么压力。”苏丽诺捧着一杯热奶茶，坐在原木条案边，调整数据。

“没有压力？呵呵，我们的标书需要下月初投出去。”

“Tom没提过啊？我可是背了任务来的。”苏丽诺故意把水搅浑。

“这个项目其实已经做了很久了，差不多是和胶东项目同时启动的。很多盲点都扫清了，建筑院那边图纸也有了。”Mike梁不紧不慢，似乎很想透露更多，可他点到为止。

“图纸都出了？”

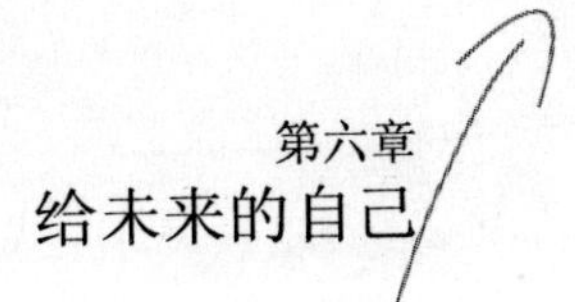

“是啊，但是政府障碍没法逾越。竞争对手的规划方案和我们殊途同归。”

苏丽诺没再追问，她心里已经画出了一张巨大的网。下午时间是传说中的死亡时间，脑子都是木的，苏丽诺发了邮件给核算部并抄送Tom，却不见任何回复，于是她独自去了三楼找核算部的主管。结果被告知，她没有权力去调阅这个项目的财务预算。

这意味着，苏丽诺在这个项目上根本无用武之地。那么Tom为什么要请她来？此时，苏丽诺想起吉塔斯说的话：别人看见我们的行为，但上帝看到我们的动机。那么Tom的动机是什么？林世亮为何出现在这里？按照廖杰的说法，他应该在胶东才对啊。

彭湃的短信把苏丽诺从愣神的楼梯上接了下来。“案子有进展了，晚上在舅妈家见？”

“好。”苏丽诺回复了一个字，觉得彭湃选了舅妈家一定又是舅妈的主意。

小院被舅妈收拾得干干净净，玻璃花房里借着一盏小莲花灯，映射出碎钻般的光彩。铁线莲被舅妈领进了花房，说是要常温养着，每天保持日晒两小时。

晚饭时彭湃什么也没提，他在这里一向腼腆。苏丽诺在饭桌下给他发了个短信，提示他，吃完就走。

“阿姨您别忙了，我局里还有事情，改天再来看您。”彭湃说完不自觉地看了一眼苏丽诺。

苏丽诺一抹嘴，忙抓起大衣跟着往外走："舅妈，我也有事，不陪你洗碗啦。"

两个人走出小院，听见舅妈在门口喊了句："呦，什么情况这是？"

"怎么？要出来说？"彭湃从苏丽诺后面绕到了她另一侧，挡住了车流。

"看你在里面没有说的意思。说吧，案子什么情况？"苏丽诺裹紧大衣，吐了一口白气。

"基本清晰了。推理成立，只是没有证据。"

"说来听听，查什么证据，也许我能帮上忙。"

"根据我们所掌握的情况，和万妈妈的画像识别，基本锁定当天袭击万爸爸的人是个被买凶的天桥小混混陈三，去年上半年才劳改出狱。据他交代，他的任务就是打倒指定受害人，不能出人命，并且抢走手提箱。时间地点都是他的上线提供的。我们已经控制了陈三，但他交代，案发现场他根本不知道箱子里是什么，交了箱子以后，他从副驾驶的座位上，拿到了事先准备好的，三千块钱的好处费。"

"天哪，他要是知道箱子里是这么多钱，还不知道要发生什么可怕的事情。"

"陈三把箱子提到车库门口，在那等候的是一辆白色面包车，他跳

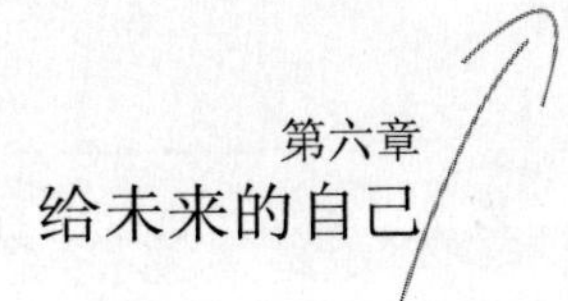

上那辆车，随车开了一小时左右，陈三在高速路上被要求下车，拿上三千块钱。据陈三讲，司机戴着墨镜，一言不发。"

"陈三的上线是谁？"

"据他交代，是个叫雷子的人。这个雷子有过案底，现在在保定一家汽车修配厂干活。现在雷子在逃。"

"他的社会关系里有参与建筑或者房地产投资的人吗？"

"没有进行这一层的排查，怎么这么问？"

"有种不好的预感。因为两百一十万这个数字和很多事情都很吻合。"

"你舅妈介绍你时说你很有美食家的天赋，看样子你还挺有办案的天赋的。"

"严肃点儿，那辆车有线索吗？"

"我们调取了小区的监控录像，按照车牌号查询，证明这辆车属于市内一家小型汽车出租公司。由于租车人提供的身份证是假的，我们无从查找。根据现场办理租车手续的人反映，租车人没有明显特征。按时交还并加满了油箱。也没有特别明显的线索。到这里基本断了。我们还在努力，在你们内部似乎有人嫌疑很大。"

"你怀疑廖杰？"苏丽诺眉毛高挑起一边，心里咯噔一下。

"这么说你也怀疑廖杰？"

"你的理由呢？"

“听说这两百一十万刚好等于你新职位的借款。天下没有这么巧合的事情，多种证据表明，事情的起因是由这套房子开始的，而梁超伟和安阳有了重大收获，他们十分顺利地办理了房屋过户手续，房主名为金艳红，是华通地产总经理的女儿。而华通地产就是廖杰创办的东方地产咨询的前身。”

“果然是他。”苏丽诺虽然隐隐地感觉廖杰有问题，但她不想把廖杰和袭击伤人联系在一起。

“没有这么简单。雷子没抓住，也没有直接证据指明廖杰与此事有关。办案讲证据，也讲动机，我看不到廖杰的动机。”

“也许我能推断出他的动机。Tom和廖杰表面看是竞争对手，其实早就暗地里联起手来想要共同持有京郊项目的夺标计划。廖杰为表诚意，不惜把最得力的林世亮都派去这个项目。原本一切顺利，设计院也出了图纸。可是新上任的主管规划的鲁副市长不同意批复，因为考虑到土地保护和生态问题。可不破坏耕地又建立京郊综合体，这本身就是新规划里不能解决的硬伤，开发商要的是卖房子赚钱，政府要的是生态平衡和经济效益挂钩。”

“你说廖杰联手Tom，那和我的案子有什么关系？”

“你说Tom为什么不惜大价钱雇我去一个瓜熟蒂落的项目，每天给我一个闲置的职位，不负责任何正事？可是项目期紧张，到了投标日我拿不到标就要赔偿那两百一十万，为什么？”

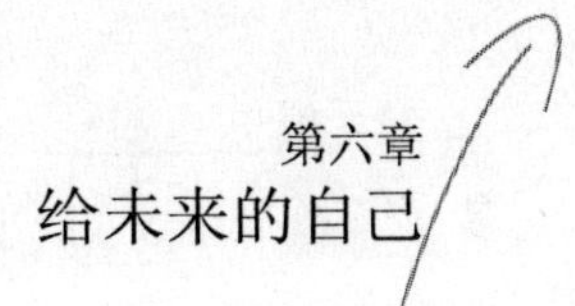

“你听过福尔摩斯故事里那个找红头发的人抄写圣经的故事吗？”

“当然，那是为了把红头发支开，可以在他家地下挖地窖，盗取隔壁的银行。”

“行啊，这也听过。那么你呢，你是那个红头发吗？”

“没错，我就是他们变相贿赂政府官员的棋子。他们的目标是我舅舅，一直都是。”

“鲁副市长？”

“对！我没想错的话，Tom和廖杰想借用这个局，引我上套，一步一步逼我舅舅同意他们的规划书。否则我要赔的就是二百一十万。太阴险了。”

“可我们没有证据，也没法去查一个无关的公司财务。想必这笔钱也不会入账。现在的关键是查出万爸爸遇袭和你的推论有关联，找出雷子和他们的关系。”

“那我们分头行动，你去找雷子的社会关系，我去查施工单位，甚至是设计院层面，到底哪些蛛丝马迹跟雷子有关。”

“一言为定。”彭湃和苏丽诺不知不觉已经走出了几条街。冬天的天空有种干冷的游丝，在月光下安静地行走，不焦灼，也不冷清，只是些平平淡淡的感觉。

廖杰的来电打破了这种闲聊的状态，苏丽诺看了一眼彭湃，小心地接听起来。

"你在哪里？"廖杰的语气听上去不太友好，可能苏丽诺心里已经把他放在了对立面上，那种感情很复杂。

"刚从舅妈家吃过饭，在朝家的方向走。"

"一个人？"

"不，和舅妈的一个朋友。"苏丽诺平静地看着彭湃，原来你若是心无旁骛，心也是平静如水的。

"我看到你们了，在下一个路口等我吧。"廖杰挂了电话，苏丽诺的手僵住了，迟迟没把电话从耳边拿开。

"什么情况？"彭湃问。

"廖杰，他竟然认识我舅妈家。我从未跟他提过半句舅舅的工作和舅妈家的位置。"

"密切观察吧，别乱怀疑拆了好姻缘。"

"那今天就这样，查到雷子的社会关系，一定要告诉我。"

"好。保持联系。"彭湃在下一个街口前朝左拐了，苏丽诺望着他的背影，高大，魁梧。这世上有千百种有力量的肩膀可以托付一生，平平淡淡地过下去，可偏偏总有人就是不愿意放弃那点所谓的爱的感觉，要在黑暗里等待。

苏丽诺站在马路牙子上来回地走，廖杰的车被不远处的红绿灯隔住。苏丽诺开始梳理她各个时期的男朋友，短暂又毫无营养的恋情。每个人都是同一个款型，甚至品位。她开始回忆在职场的每一次表现，尽

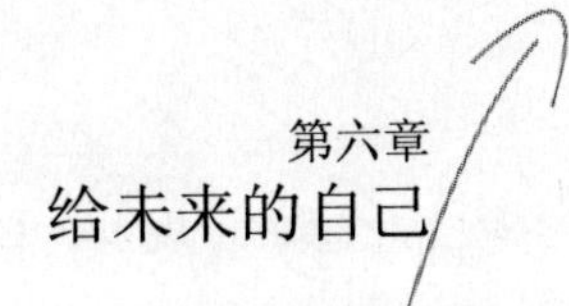

管她觉得她从没想过利用家人的关系，可这些关于她的争夺明显都不是为了她。多么可悲的三十岁。

廖杰的车在夜色里穿过路口，朝她驶来，苏丽诺觉得这场阴谋终于要落幕了。

“彭警官走了？”苏丽诺坐进车里，廖杰没再问冷吗或者其他。

“走了，送我回家吧。”爱是种感觉，脆弱得不堪一击。一旦熄灭，便连灰烬都是冷的。

廖杰送苏丽诺回家，本想跟她上楼的，但是他想了想又说公司有事情。苏丽诺几次想问他那套房子的事情，都忍住了。在副驾驶的位置，她甚至觉得廖杰的耳朵有点招风耳的形状。

第二天开始，苏丽诺开始在公司留意所有跟项目本身相关的一切，任何一个协作单位，任何一个人的信息都尽量去搜集。然而她没有任何机会接触到。

万爸爸恢复得不错，已经出院了，安阳和苏丽诺去看了两次，每次都看到梁超伟跑前跑后地给老人按摩，沏茶。万朵拉第一次被大家推进咖啡店时，激动得哭了好几次。尤其是看到店里等待她的设计师，更是意外惊喜。

“朵拉，这房子交给你了。你来规划，设计它，把梦想实现。”安阳大手搭在朵拉肩膀上。

“这次要珍惜机会，不要搞砸啦。我们几个的全部家当啦。”万朵拉听着苏丽诺的嘱咐决定不辱使命大干一场。

彭湃那边传来好消息，雷子的确有个表叔严贵才在做建筑项目。而且他的工地有两个和东方地产有关系，其中一个就在胶东项目，是十到十五号楼的施工方。

"这样只需要告诉我对方建筑公司的名字就好。"

"平安建筑公司。你若能查到京郊项目报告里有平安建筑公司的影子的话，Tom和廖杰就都脱离不了关系。"

"可这样在法律上算证据吗？"

"不算直接证据。要想办法让他们自行说出来。"

"我有个计划。"苏丽诺故作神秘。

"什么计划？诱敌深入吗？"

"不告诉你，一定不辱使命。"

"我得保护你安全。你想当个好市民，也得成全我当个安全的好警察吧。"

"呵呵，真贫。有结果再说。"

"随时跟我联系，手机二十四小时开着，你要注意安全。"彭湃在电话里命令中带着一种不难察觉的感觉。是那种小姑娘们都不自觉地喜欢被大哥哥保护自己的感觉。苏丽诺嘲笑自己三十岁的人了，能听出一个警察话外音，挂了电话由衷地笑了。

交出投标的策划书的日子临近了，苏丽诺基本上每天都能听到三楼

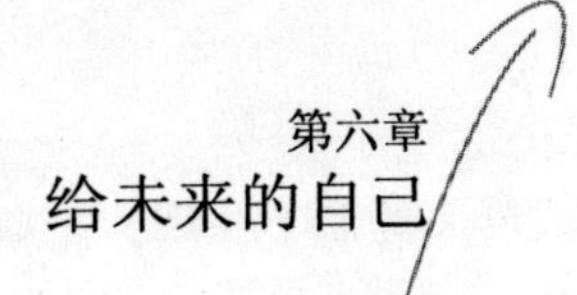

的走动声，可是她再也没见过林世亮的身影，甚至也没能从其他人那里打听到半点跟项目相关的事情。彭湃那边关于平安建筑公司的侧面调查也毫无进展。

廖杰去了胶东，去查看他的胶东项目。走的时候匆忙，只是在电话里聊了一通，甜言蜜语不多，只是些宽泛的嘱咐。从那天在马路上接上苏丽诺送她回家起，他们的关系就如天上的水，散落一地，没有了重点。人是多么的奇怪，疯狂的拥吻之后连点念想都没有了。而苏丽诺依然念念不忘，可是她再明白不过，这事，廖杰脱不了干系。

阳光从山坡上滚落，落在苏丽诺脚边。北京的风吹起来无拘无束，一阵一阵地呼号。苏丽诺站在公司小楼的门口，仰头眯着眼睛，看着三层那么神秘那么筹谋深远，那里有林世亮在指点江山吗？廖杰他们曾经在这里研究过方案吧？她拿出手机，拨通了Tom的电话。

“嘿，Tom，有时间谈谈吗？”

“我在机场，可能不方便接听，要谈的是？”

“谈谈我的方案吧。”

“要交作业了？时间过得这么快吗？”

“时间是过慢了，我到今天才明白，你找我来的目的。”

“目的？”

“我想，我可能完不成那个投标的方案了。我们看看怎么处理吧。我要辞职。”

“辞职？有什么资源没有配合你吗？都是全力配合的啊。现在说辞职，我的损失很大的。我会失去那个项目、还有之前给你的预付款。苏，你在开玩笑吗？”

“二百一十万不是小数字，除了卖血，我只能卖房子了。”苏丽诺笑了起来。风让她的声音听上去断断续续。Tom突然卡住了，很明显他没有第二套方案，他赌苏丽诺的懦弱和处处躲避，会让她委曲求全地获得舅舅的批准。苏丽诺的舅舅是个十分清廉的人，二百一十万对他来说也不是小数字。

“我们要不要见面聊聊？”

“好啊。就在元旦见面的那个咖啡店吧。我在那里等你。你什么时间可以？”

“下午三点。”

苏丽诺开始整理她的私人用品，只有简单的杯子和笔记本。那只杯子是廖杰送的，一只手工的瓷质杯子。廖杰跟她说，一只杯子就是一辈子。苏丽诺拿起那杯子在阳光下端详。一颗什么样的心才能说出这样的许诺而如此不负责任呢？随着一声脆响，杯子跌落在垃圾桶里，碎成无数没有灵魂的瓷片。

苏丽诺比Tom先到，她的怀里放了一只早就准备好的录音笔。Tom开门时，依旧是那阵门铃的声音，今天的咖啡店格外安静。Tom先是跟苏丽诺点头，然后扬手要叫喝的。

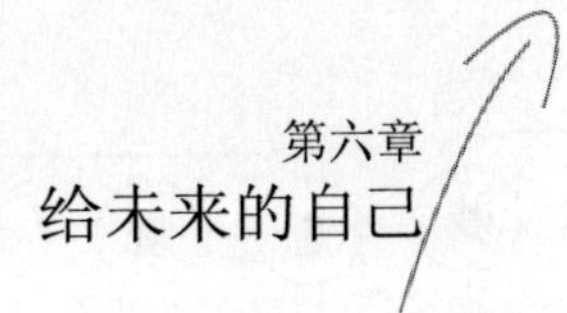

“加一杯拿铁谢谢。”苏丽诺抢在他开口之前喊了一声。

“你知道我喝拿铁？”

“这是秘密吗？”

“谈哲学是吗？这世上没有绝对的秘密。”

“这话廖杰讲过。同样的。”

“呵呵，想说什么？”

“没什么。三楼是私密办公室吗？”

“怎么发现的？”

“不难发现吧，或者说你早就想让我悟出来，其实我对你毫无用处，还傻得愿意跟你来签这么有挑战的一份合同。你算准了我要帮万朵拉去补这个亏空，算准我要在危急时刻虚荣心爆棚。”

“呵呵，你打算下一步怎么办？”Tom从包里拿出一份合同，推到苏丽诺面前。

“你希望我怎么办？”

“这份合同我可以当场就撕掉。我希望你冷静地考虑一下我们的长远合作。你知道除了京郊项目，我们可以置换的空间还很多。我需要你给鲁副市长递个话。他太难搞，难到摆平他夫人，都打不到他心里去。”

“他夫人？”苏丽诺犹豫了，录音笔在她衣服里正在一丝不苟地记录着。

“你舅妈曾经购买了大量的铁线莲和德国大汉泥炭，廖杰在进口包装里做了文章。但是后面的情况是，你舅舅不为所动，视而不见。”

“你们曾经贿赂我舅舅？”

“共赢。别说得那么难听。”

“我可以帮忙，但是我要看到你们需要我舅舅签字的全部方案。”

“这就对了，二百多万不是小数字，你该为自己的仗义埋单的，不是吗？”说着Tom将一份厚厚的纸质方案副本拿了出来。看来他早有准备。

苏丽诺接过方案，看似随意地翻了一遍。在施工单位处一眼就看到了平安建筑公司。

“我可以想办法去说服我舅舅。但是我想不明白，你们怎么知道万爸爸会丢掉那笔钱？”

“呵呵，想不明白就不用想了。希望能有你的好消息。”

“你什么时候知道我和鲁副市长的关系的？”

“多年前，你的入职表格里社会关系上写了他的名字。你的导师林世亮告诉我的。”

“是他？”

“世上没有哪个人的秘密可以成为永远的秘密。”

“你的也一样。”服务生小心地端来了拿铁，苏丽诺笑着对Tom说。

“那我们就算开始合作了？”

第六章

给未来的自己

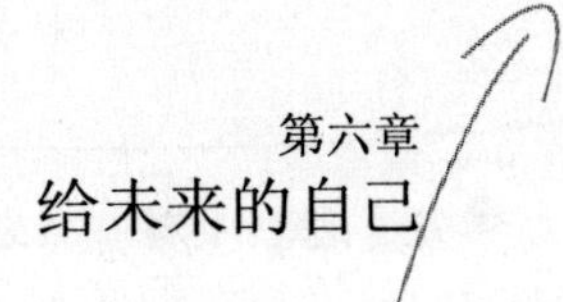

“先撕掉合同吧。”

Tom在苏丽诺面前当场撕毁了合同，每一下都撕得轻松自如，像是一个巨人一口吞了一只老鼠，让看的人作呕。

掌握了证据的苏丽诺却不敢轻易和彭湃提到录音笔上的内容。她先去了舅妈那里，却遇上了等待已久的彭湃。

“怎么了阿诺，表情这么沉重？”

“舅妈，您来一下。”苏丽诺拉着舅妈进了里屋，放了那段录音来听。谁知舅妈幽幽地说：“早说廖杰眼熟了，就是一时想不起来。没错，他们在花盆里放了五十万人民币，还署名一个不存在的建筑公司。你舅舅早就上交啦。”

苏丽诺如释重负，跑到客厅把录音笔交给了彭湃。之后的事情全部由彭湃处理。平安建筑公司的老板很快要求协助调查，并交代了雷子的去处。抓捕雷子后，雷子因为不敢不交代钱的去向，于是终于牵扯出这场闹剧的主谋。这场Tom和廖杰主谋，严贵才和于浩、林世亮参与，陈三和雷子动手的狗血剧情就算彻底演完了。

从那天起，苏丽诺便再也没见过廖杰。他从她的生命里如流星一般闪过，却留下了一个巨大的尾巴。苏丽诺并不开心，尽管案子判了，人抓了，万爸爸拿到了应有的补偿，可是苏丽诺感觉自己站在一场大雨里，就像去商学院面试那一次一样。

咖啡店开张那一天，万朵拉穿了服务员的衣服，头发干净地扎成马尾，干练地忙里忙外。

“还以为她要把自己弄成性感女老板的样子。”安阳抚摸小肚子，在老王的帮忙下坐在了木椅子上。

“你要不要这么夸张啊，才两个月而已，你这反应不科学啊。”苏丽诺挤对她。

“科学，我算好了，刚好赶在寒假生。”安阳拉着老王的手，眉飞色舞。

“老板，来杯经典美式。”苏丽诺扬手招呼万朵拉。万朵拉和梁超伟眉开眼笑地端来几个人的饮料。

“干吗穿成这样？”安阳还在纠结同一个问题，怀了孕的女人多少可爱得有些一根筋。

“我就想踏踏实实做点事情，三十岁了，不再把自己当大爷供着了。以前想过得不平淡，现在明白了，那些得不到的，现在不想要了，这次是成熟了。哦，对了，别煽情，我爸妈婚宴今晚，谁也不许缺席。”万朵拉笑着说完，把头靠在梁超伟身上。两人平静从容的表情，看上去像是要过一辈子的。

安阳终于拿到她要的实验室，她不适合行政环境，在学校里，她可以不顾及别人的眼光，完全投入科研和养育宝宝的事业啦。收获很多时候是平实的，不花哨，不妩媚，且最适合自己的脚。

苏丽诺在闺密们完美的欢笑声里没有落寞，她第一次感到平衡，并

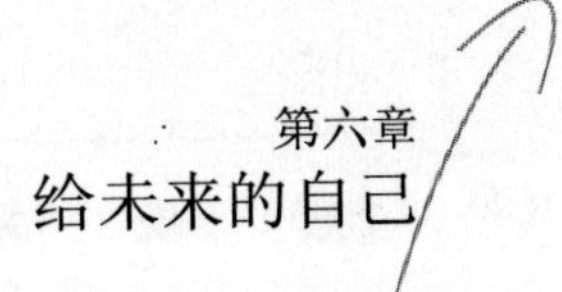

且那么真心地为她们开心。你会发现，这世界兜兜转转值得珍惜的人并不多，而她们一直在你身边。

咖啡店门口的铃声是万朵拉喜欢的木质铃声，推开门就是安阳喜爱的读书区，穿过读书区是冷艳高贵的科学范儿吧台。苏丽诺喜欢的枫木颜色充斥着整个咖啡店。为了节省开支，梁超伟和老王忙活了整整一个月。

叮当，门铃响了。彭湃走进来，一身警服，吸引了所有的目光。

“时间差不多了。”

“去哪里？”安阳和万朵拉像是同时有了不好的预感，站了起来。

“抱抱吧。我今晚的飞机，去爱尔兰。跟万爸爸万妈妈道喜。”苏丽诺拥着万朵拉和安阳，三个人哭了。

“我们完成了梦想，为什么还要去爱尔兰？去找那个嘟噜吗？”万朵拉人性地问。

“只是去拜访一下。我想清楚我的梦想了，我有步骤地去实现它。我卖了房子，打算去周游世界，去画画，去看看世界上千百种人生。不过，我还会回到这里，因为这里有你们。”几个人抱在一起，久久不愿意分开。

那天在车上，彭湃给苏丽诺讲了一个故事。苏丽诺带着一种十分释然的心情上了飞机。那个故事大概是这样的，彭湃小时候很想当警察，因为喜欢见义勇为还受过伤。长大了为了当上警察做了近视眼手术，考进了警校，顺利毕业成了一名光荣的刑警。他每天努力工作，却看尽了各种社会的黑暗和不公平。工作顺利的时候就是犯人招供，工作不顺利就是要绞尽脑汁地找线索，让他承认。时间长了，彭湃开始觉得自己坚持的梦想是错的。一直以来的梦想规划都是为了一个错误的方向。

“梦想不能规划吗？”苏丽诺在车里问彭湃。

“当然可以规划，但是你要为自己的规划埋单。看你到底想要什么，并且不遗余力地去努力，当你得到了也不要否定和怀疑。”

“你还不是否定自己了？”

“我最近又坚定了。人嘛，总是很摇摆的。”

“什么事情让你变了？我吗？”

“别美了。是个小女孩，她因为分手，愤怒之下在酒店纵火。我抓的她，现在也是我提出要放了她。年纪太小了，可惜了。有机会就帮一把。好多人都觉得我收了她们家的礼了，才愿意帮忙，其实我一分钱没有拿。可我觉得这是当警察的光荣，我心里舒坦。这就是我的梦想，可能比较深层次。”彭湃说完，跟苏丽诺挥手道别，那个背影意味深长。

苏丽诺下飞机的时候，收到的第一条短信便是彭湃的：回来说一声，机场接你。

苏丽诺笑了笑。开始联系吉塔斯。

“对不起，可能打错了。男爵他搬走了？”苏丽诺听着对方传来的陌生声音，心跳空了一拍。

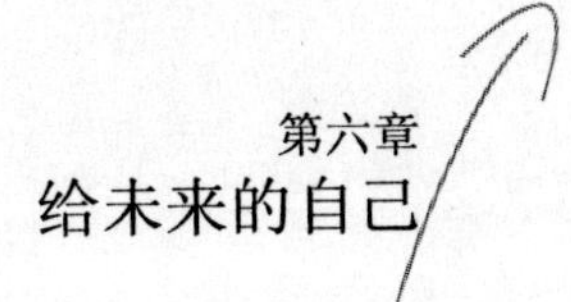

“不，他有一段时间没回来了。他的联系方式，你记录一下？”

“哦，好的。”苏丽诺有种不祥的预感。

苏丽诺将写有吉塔斯地址的纸条递给司机时，司机的眉头皱了一下，然后操着浓重的爱尔兰口音开动了车子。风景在苏丽诺眼中掠过，那些自然的美丽，让她心情释然了很多。

车子在一座医院前面停下，天空开始下起了雨，不大，但是天越来越黑。苏丽诺提着行李走了进去。那是一座郊外的精神病研究院。

“找男爵，这边请。”招待的护士笑容很轻松。带领苏丽诺穿过一个又一个的病区。苏丽诺的心情紧张到极点。梦想，指引她走向这里的人难道真的是个精神病人？那梦想规划就太可笑了，不是吗？可是尽管这样，安阳和万朵拉也都找到了自己的梦想啊。自己能够冲破樊篱，了解自己，认清自己，倾听自己，也是一步一步地规划和接近的啊。苏丽诺心里打鼓一样。

“里面请。他早就说过，您会来。”护士小姐带着甜美的微笑离开了。苏丽诺轻轻推开门，抬眼看到门上写着几个字：院长办公室。

推开门的瞬间，吉塔斯名片上那句话在她心里响起：别人看见我们的行为，但上帝看到我们的动机。

而此刻，苏丽诺已经不再执着那句话的含义，人生风景是游走的，过去不留，才能物来则应。

窗外，雨停了。